OS EMIGRANTES

W. G. SEBALD

Os emigrantes
Quatro narrativas longas

Tradução
José Marcos Macedo

1ª *reimpressão*

COMPANHIA DAS LETRAS

Copyright © 1992 by Eichborn AG, Frankfurt am Main

Grafia atualizada segundo o Acordo Ortográfico da Língua Portuguesa de 1990, que entrou em vigor no Brasil em 2009.

Título original
Die Ausgewanderten — Vier lange Erzählungen

Capa
Kiko Farkas/ Máquina Estúdio
Elisa Cardoso/ Máquina Estúdio

Preparação
Cacilda Guerra

Revisão
Huendel Viana
Isabel Jorge Cury

Dados Internacionais de Catalogação na Publicação (CIP)
(Câmara Brasileira do Livro, SP, Brasil)

Sebald, W. G., 1944-2001.
 Os emigrantes : quatro narrativas longas / W. G.
Sebald ; tradução José Marcos Macedo. — São Paulo :
Companhia das Letras, 2009.

 Título original: Die Ausgewanderten : Vier lange
Erzählungen.
 ISBN 978-85-359-1462-7

 1. Contos alemães. I. Título.

09-04040   CDD-833

Índice para catálogo sistemático:
1. Contos : Literatura alemã   833

[2021]
Todos os direitos desta edição reservados à
EDITORA SCHWARCZ LTDA.
Rua Bandeira Paulista, 702, cj. 32
04532-002 — São Paulo — SP
Telefone: (11) 3707-3500
www.companhiadasletras.com.br
www.blogdacompanhia.com.br
facebook.com/companhiadasletras
instagram.com/companhiadasletras
twitter.com/cialetras

Sumário

Dr. Henry Selwyn   7
Paul Bereyter   31
Ambros Adelwarth   69
Max Ferber   149

DR. HENRY SELWYN

*A memória não
destruam o restante*

No final de setembro de 1970, pouco antes de assumir meu cargo em Norwich, no leste da Inglaterra, eu e Clara fomos de carro até Hingham em busca de um lugar para morar. Ao longo de campos e sebes, passando sob carvalhos espraiados e por alguns lugarejos esparsos, a estrada avança por cerca de vinte e cinco quilômetros pelo interior, até que por fim Hingham emerge, com seus frontões assimétricos, com a torre e a copa das árvores que mal se erguem acima da planície. A praça do mercado, ampla e circundada por fachadas silenciosas, estava deserta, mas não demorou muito para encontrarmos a casa que a agência nos havia indicado. Era uma das maiores no vilarejo; próxima da igreja erigida num cemitério gramado com pinheiros-da-escócia e teixos, ela ficava numa rua tranquila, escondida atrás de um muro da altura de um homem e uma moita espessa de azevinhos e loureiros portugueses. Descemos a pé o suave declive da entrada espaçosa e atravessamos o átrio coberto com cascalho liso. À direita, atrás dos estábulos e das cocheiras, erguia-se no céu claro de outono um bosque de faias com uma colônia de gralhas que agora, no começo da tarde, estava deserta, os ninhos manchas escuras sob o dossel da folhagem, que só se mexia de vez em quando. A ampla fachada da casa, em estilo neoclássico, estava coberta de videira selvagem, a porta era pintada de preto. Batemos várias vezes a aldrava de latão em formato de peixe, sem que nada se movesse no interior da casa. Demos uns passos para trás. As vidraças das janelas, divididas em doze caixilhos, pareciam todas de espelho escuro. Era como se ninguém morasse ali. E me veio à lembrança a casa de campo na Charente que visitei certa vez, vindo de Angoulême, na frente da qual dois irmãos malucos, um deputado, o outro arquiteto, haviam construído, após décadas de planejamento e obras, a fachada do palácio de Versalhes, uma réplica sem o menor cabimento, mas que impressionava bastante de longe, e cujas janelas eram tão brilhantes e escuras quanto as da casa diante da qual estávamos agora. Teríamos certamente seguido adiante de mãos abanando, não tivéssemos tomado coragem, trocando um daqueles olhares fugidios, de dar ao menos mais uma espiada no jardim. Contornamos a casa com cuidado. Na face norte, onde os tijolos tinham esverdeado e uma hera mosqueada cobria parcialmente os muros, uma trilha revestida de musgo passava ao lado da entrada de serviço e de um telheiro para lenha em meio a sombras profundas, e emergia finalmente, como num palco, num terraço vasto com balaustradas de pedra que dava para um amplo gramado quadrangular, cingido por canteiros de flores, arbustos e árvores. Para além do gramado, a oeste, a paisagem se abria, um parque com tílias, olmos e azinheiros esparsos. Atrás deles, as suaves ondulações dos campos arados e as montanhas de nuvem brancas no horizonte. Em silêncio, contemplamos longamente essa vista que arrastava o olho para a distância à medida que subia e descia em degraus, e supúnhamos estar a sós, até que vimos uma figura imóvel, deitada na sombra lançada na relva por um cedro alto no canto sudoeste do jardim. Era um homem de idade, a cabeça apoiada no braço dobrado, parecendo totalmente absorto na visão do pedacinho de terra bem à sua frente. Atravessamos o gramado até ele, cada passo nosso de uma maravilhosa leveza sobre a grama. Mas só quando estávamos quase colados a ele foi que nos notou e se ergueu, não sem um certo embaraço. Embora fosse alto e tivesse ombros largos, parecia atarracado, baixote mesmo. Isso se devia talvez ao seu hábito, como em breve ficou evidente, de usar óculos de leitura com aro dourado, por sobre os quais olhava com a cabeça inclinada, o que lhe dava uma postura curva, quase suplicante. O cabelo branco era penteado para trás, mas mechas esparsas não paravam de lhe cair na testa notavelmente alta. *I was counting the blades of grass*, disse como que se desculpando por sua distração. *It's a sort of pastime of mine. Rather irritating, I am afraid*. Alisou para trás uma das mechas brancas. Seus movimentos eram a um tempo desajeitados e elegantes; de uma amabilidade que há muito caiu em desuso foi também a maneira de se apresentar a nós como dr. Henry Selwyn. Com certeza, acrescentou, nós tínhamos vindo por causa do apartamento. Até onde ele sabia dizer, ainda não havia sido alugado, mas de todo modo nós teríamos de esperar que mrs. Selwyn voltasse, pois ela era a proprietária da casa, e ele um simples morador do jardim, *a kind of ornamental hermit*. No curso da conversa que se seguiu a essas primeiras observações, caminhamos ao longo do gradil de ferro que separava o jardim do parque aberto. Paramos por alguns instantes. Três tordilhos pesados rodeavam um pequeno arvoredo de amieiros, resfolegando e levantando torrões de terra em seu trote. Tomaram posição a nosso lado, expectantes. Dr. Selwyn lhes deu comida do bolso de sua calça e lhes acariciou o focinho com a mão. Estes aqui, disse, estão aposentados. Comprei-os ano passado por algumas libras num leilão de cavalos, senão teriam ido parar com certeza no esfoladouro. Chamam-se Herschel, Humphrey e Hippolytus. Não sei nada sobre o passado deles, mas quando os adquiri estavam em petição de miséria. A pelagem estava infestada de carrapatos, o olhar triste, e os cascos todos esfiapados pelo longo período que passaram num campo alagado. Agora, disse dr. Selwyn, se recuperaram um pouco, e talvez lhes restem ainda uns bons dois ou três anos. Então se despediu dos cavalos, que visivelmente tinham grande afeição por ele, e seguiu conosco para as partes mais remotas do jardim, parando de vez em quando e descendo a minúcias cada vez maiores naquilo que contava. Pelos arbustos na parte sul do gramado, uma trilha conduzia a uma ala-

meda margeada de aveleiras. Na ramagem que se fechava em teto sobre nós, esquilos cinzentos faziam das suas. O chão estava fartamente semeado de cascas de nozes vazias, e cólquicos às centenas captavam a luz rala que penetrava pelas folhas já secas e farfalhantes. A alameda de aveleiras terminava numa quadra de tênis, delimitada por um muro de tijolos caiado. *Tennis*, disse dr. Selwyn, *used to be my great passion. But now the court has fallen into disrepair, like so much else around here.* Não é apenas a horta,

prosseguiu, apontando para as estufas vitorianas caindo aos pedaços e as latadas invadidas pelo mato, não é apenas a horta que está nas últimas após anos de negligência, a própria natureza, ele sentia cada vez mais, gemia e desabava sob o peso que depositamos sobre ela. Claro, o jardim, que antes se destinava a abastecer uma casa com vários membros e do qual se colhiam, com muito suor, frutas e legumes para a mesa o ano inteiro, ainda hoje produzia tanto que, apesar de toda a negligência, ele dispunha de bem mais que o suficiente para suas próprias necessidades, que confessadamente ficavam cada vez mais modestas. O desleixo com o jardim antes exemplar, disse dr. Selwyn, tinha aliás a vantagem de que aquilo que lá crescia, ou o que ele havia semeado ou plantado aqui e ali, sem muito método, era a seu ver de um sabor extraordinariamente delicado. Caminhamos entre um canteiro de aspargos em pleno viço, cuja folhagem batia no ombro, e uma fileira de poderosas alcachofras até um pequeno grupo de macieiras, das quais pendia um sem-número de frutos vermelhos e amarelos. Dr. Selwyn depositou uma dúzia dessas maçãs de contos de fada, cujo sabor era de fato melhor do que tudo que comi desde então, sobre uma folha de ruibarbo e as deu de presente para Clara, com a observação de que a variedade era chamada, não por acaso, Beauty of Bath.

Dois dias depois desse primeiro encontro com dr. Selwyn, mudamo-nos para Prior's Gate. Na noite anterior, mrs. Selwyn nos mostrara os aposentos, no primeiro andar de uma ala lateral, mobiliados de forma um tanto peculiar, mas de resto agradáveis e espaçosos, e logo ficamos bastante entusiasmados com a ideia de passar ali alguns meses, pois a vista das janelas altas para o jardim, o parque e os bancos de nuvem no céu era muito mais do que mera compensação pelo interior lúgubre. Bastava olhar para fora, e o aparador gigantesco, em sua feiura só descrito de forma aproximadamente correta com a palavra *altdeutsch*, logo deixava de existir, a pintura cor de ervilha da cozinha se dissolvia, a geladeira a gás, de cor turquesa e talvez não sem seus perigos, desaparecia como por um milagre. Hedi Selwyn, filha de um dono de fábrica de Biel, na Suíça, ela própria dotada de extremo traquejo para os negócios, como logo ficou evidente, permitiu que fizéssemos pequenas modificações no apartamento, segundo nosso gosto. Quando acabamos de pintar o banheiro, que ficava num anexo sobre colunas de ferro fundido e cujo acesso se dava apenas por uma passarela, ela chegou mesmo a subir para dar sua opinião sobre a obra pronta. A aparência, aos seus olhos insólita, lhe inspirou o comentário enigmático de que o banheiro, que antes sempre lhe lembrara uma velha estufa, agora, pintado de branco, lhe lembrava um pombal novo, uma observação que me ficou na cabeça até hoje como um veredicto aniquilador sobre a maneira como conduzimos nossa vida, sem que eu tenha conseguido alterar esse modo de vida em nada. Mas não é disso que se trata aqui. O acesso a nosso apartamento se dava ou por uma escada de ferro, agora também pintada de branco, que ligava o pátio à passarela do banheiro, ou (no térreo) por uma porta dupla nos fundos de um corredor largo, na parede do qual, logo abaixo do teto, fora instalado um complicado sistema de cordões com diversas campainhas para chamar os criados. Desse corredor se podia ver a cozinha escura, onde a qualquer hora do dia uma figura feminina de idade indeterminada estava sempre ocupada com a louça. Aileen, como era chamada, usava o cabelo raspado até a nuca, como as internas de asilo. Suas expressões faciais e seus movimentos pareciam transtornados, os lábios estavam sempre úmidos, e ela usava invariavelmente um longo avental cinza que chegava aos calcanhares. Que trabalho Aileen fazia na cozinha, dia após dia, permaneceu um mistério tanto para mim quanto para Clara, pois, até onde sabíamos, nenhuma refeição, à parte uma única exceção da qual ainda se falará, jamais foi ali preparada. Do outro lado do corredor, a cerca de trinta centímetros acima do piso de pedra, havia uma porta na parede. Através dela se chegava a uma escadaria escura da qual, em cada andar, atrás de paredes duplas, se ramificavam passagens ocultas, concebidas para que os criados que corriam de lá para cá com baldes de carvão, cestos de lenha, materiais de limpeza, roupas de cama e bandejas de chá não cruzassem a todo instante o caminho dos patrões. Tentei muitas vezes imaginar como funcionava a cabeça de pessoas capazes de conviver com a ideia de que, atrás das paredes dos recintos nos quais se achavam, as sombras da criadagem deslizavam perpetuamente, e presumi que deviam ter medo dessas criaturas fantasmagóricas que, por salários baixos, executavam sem descanso as várias tarefas a serem desempenhadas diariamente. A nossos aposentos, eles próprios muito simpáticos, chegava-se normalmente — e isso também nos pareceu desagradável — apenas por essa escada dos fundos, no primeiro patamar da qual, aliás, havia a porta sempre trancada do quarto de Aileen. Só uma vez consegui dar uma espiada lá dentro. Uma infinidade de bonecas, cuidadosamente enfeitadas e a maioria usando algo na cabeça, estavam de pé e sentadas por todo canto no pequeno ambiente, inclusive deitadas na cama onde a própria Aileen dormia, se é que de fato dormia e não passava a noite inteira brincando com suas bonecas enquanto cantarolava. Aos domingos e feriados, às vezes víamos Aileen sair de casa com um uniforme do Exército de Salvação. Quase sempre quem vinha buscá-la era uma pequena garota que caminhava então a seu lado de mãos dadas com ela, confiante. Levou algum tempo para nos acostumarmos em certo grau com Aileen. O que de início nos deixava realmente de cabelo em pé era sobretudo seu hábito esporádico, quando estava na cozinha, de irromper sem motivo aparente numa risada estranhamente próxima a um relincho, que penetrava até o primeiro andar. Acrescente-se a isso que, fora nós, Aileen era a única moradora que estava sempre presente na imensa casa. Mrs. Selwyn encontrava-se muitas vezes em viagem durante semanas, ou então estava fora, ocupada em gerir os vários apartamentos que alugava na cidade e nos vilarejos próximos. Dr. Selwyn, se o tempo permitisse, passava os dias ao ar livre, e em geral também numa pequena ermida murada com pederneira num recanto afastado do jardim, à qual chamava de *folly* e que ele provera do necessário para viver. Numa das primeiras semanas após nos mudarmos, porém, vi-o certa manhã de pé diante de uma janela aberta de um dos seus quartos na face oeste da casa.

De óculos, robe de xadrez tartã e um lenço de pescoço branco, estava prestes a dar um tiro para o céu azul com uma arma dotada de um cano duplo incrivelmente longo. Quando finalmente veio o disparo, após o que me pareceu uma eternidade, o estampido sacudiu toda a vizinhança. Mais tarde, dr. Selwyn me explicou que queria saber se a arma destinada à caça grossa que comprara muitos anos antes quando jovem ainda funcionava, após décadas de desuso em seu quarto de vestir, tendo sido limpa e vistoriada, até onde podia se lembrar, somente uma ou duas vezes. Comprara a arma, disse-me, quando fora para a Índia, para lá assumir seu primeiro posto como cirurgião. Naquela época, a posse de tal arma era equipamento obrigatório para um homem de sua casta. Uma única vez apenas, porém, saíra para caçar com ela, e mesmo nessa oportunidade deixara escapar a ocasião de inaugurá-la, como teria sido de esperar. Assim, queria saber agora se a espingarda ainda funcionava, e verificara que apenas seu coice já era capaz de matar a pessoa.

De resto, como eu disse, dr. Selwyn quase não se encontrava em casa. Vivia em seu ermitério e se dedicava plenamente, como me declarou certas vezes, a pensamentos que, de um lado, ficavam cada dia mais vagos e, de outro, mais inequívocos e precisos. Durante o tempo em que permanecemos na casa, só recebeu visita numa única ocasião. Na primavera, acho — isso foi lá pelo final de abril, Hedi se encontrava então na Suíça —, dr. Selwyn subiu certa manhã até nosso apartamento e nos informou que convidara para o jantar um amigo de quem fora muito próximo e que, se nos conviesse, ele ficaria bastante lisonjeado se pudéssemos ampliar essa reunião a dois para um *petit comité*. Quando descemos por volta das oito, ardia o fogo contra a sensível friagem da noite na grande lareira do *drawing room*, mobiliado com vários sofás de quatro lugares e poltronas pesadas. Das paredes pendiam espelhos altos, em parte já embaciados, que multiplicavam o bruxuleio das chamas e refletiam imagens inconstantes. Dr. Selwyn usava paletó de tweed com reforço de couro nos cotovelos e gravata. Seu amigo Edward Ellis, a quem nos apresentou como um conhecido botânico e entomologista, era, ao contrário dele próprio, de constituição bastante franzina e mantinha-se sempre aprumado, ao passo que dr. Selwyn estava sempre ligeiramente curvado. Também usava um paletó de tweed. O colarinho era largo demais para seu pescoço enrugado, que dele emergia à maneira de acordeão, como o de alguns pássaros ou o de uma tartaruga, e na cabeça pequena, embora parecendo de certo modo pré-histórica ou atávica, os olhos brilhavam com uma vivacidade pura, maravilhosa mesmo. Conversamos primeiro sobre meu trabalho e nossos planos para os anos seguintes, bem como sobre a impressão que nós, tendo crescido nas montanhas, tivéramos da Inglaterra e particularmente das extensas planícies do condado de Norfolk. Caiu o crepúsculo. Dr. Selwyn levantou-se e, com alguma cerimônia, nos precedeu até a sala de jantar contígua ao *drawing room*. Sobre a mesa de carvalho, que teria facilmente comportado trinta convidados, havia dois candelabros de prata. Para dr. Selwyn e Edward, os lugares estavam postos à cabeceira e ao pé da mesa, para Clara e para mim, na lateral que ficava de frente para as janelas. Agora já estava quase escuro dentro da casa, e lá fora também o verde começou a se adensar e assumir um sombreado azul. Mas no horizonte ainda havia a luz do ocidente e montanhas de nuvem cujas formações, ainda níveas ao anoitecer, me lembravam os mais elevados maciços alpinos. Aileen entrou com um carrinho de servir provido de *réchauds*, uma espécie de design patenteado dos anos 30. Usava seu longo avental cinza e executava seu trabalho em silêncio, trocando no máximo um ou outro murmúrio consigo mesma. Acendeu as velas, pôs as travessas sobre a mesa e tornou a sair arrastando os pés tal como entrara, sem uma palavra. Servimo-nos passando as travessas uns para os outros. A entrada consistia em alguns poucos aspargos verdes, cobertos com folhas marinadas de espinafre novo. Compunham o prato principal brotos de brócolis na manteiga e batatas novas cozidas em água de hortelã, que no solo arenoso de uma das antigas estufas, como explicou dr. Selwyn, alcançavam já no final de abril a altura de nogueiras. Comemos por último uma compota de ruibarbo numa cama de creme, polvilhado com açúcar de confeiteiro. Quase tudo, portanto, vinha do descuidado jardim. Antes que a mesa fosse tirada, Edward conduziu o assunto para a Suíça, talvez porque imaginava que dr. Selwyn e eu tivéssemos na Suíça um tema comum. Dr. Selwyn, de fato, após certa hesitação, começou a contar que passara uns tempos em Berna pouco antes da Primeira Guerra Mundial. No verão de 1913, começou, aos vinte e um anos de idade, ele terminara seus estudos de medicina em Cambridge e partira em seguida para Berna, com o propósito de fazer ali seu aperfeiçoamento. Mas as coisas não tinham saído como planejara, e ele passara a maior parte do tempo no Oberland bernês, entregue cada vez mais ao alpinismo. Em especial, passou semanas a fio em Meiringen e Oberaar, onde conheceu um guia alpino chamado Johannes Naegeli, então com sessenta e cinco anos, por quem desde o início tomou muita afeição. Foi com Naegeli a toda parte, ao Zinggenstock, ao Scheuchzerhorn e ao Rosenhorn, ao Lauteraarhorn, ao Schreckhorn e ao Ewigschneehorn, e nunca em sua vida, nem antes nem depois, se sentira tão bem quanto na época, na companhia desse homem. Quando a guerra eclodiu e fui chamado de volta à Inglaterra e integrado às fileiras, disse dr. Selwyn, nada me custou tanto, como só percebo agora em retrospecto, quanto dizer adeus a Johannes Naegeli. Mesmo a separação de Hedi, que eu havia conhecido em Berna na época do Natal e com quem me casei depois da guerra, nem de longe me causou tanta dor quanto a separação de Naegeli, que ainda continuo a ver de pé na estação de Meiringen, acenando. Mas talvez tudo não passe de minha imaginação, disse dr. Selwyn um pouco mais baixo para si mesmo, porque ao longo dos anos Hedi se tornou cada vez mais uma estranha para mim, enquanto Naegeli, sempre que surge em meus pensamentos, parece cada vez mais íntimo, embora na verdade eu não o tenha mais visto uma única vez desde aquele adeus em Meiringen. É que Naegeli, logo depois da mobilização, se acidentou no caminho da cabana Oberaar para Oberaar, e desde então foi dado como desaparecido. Supõe-se que tenha caído numa fenda da geleira de Aare. Recebi notícia disso numa das primeiras cartas que me chegaram como uniformizado e aquartelado, e o fato causou em mim uma depressão profunda, que quase levou à minha dispensa do serviço e durante a qual foi como se eu estivesse enterrado sob neve e gelo.

Mas essa, disse dr. Selwyn depois de uma longa pausa, é uma velha história, e o que nós deveríamos mesmo fazer, virou-se para Edward, era mostrar a nossos hóspedes as fotos que tiramos em nossa última viagem a Creta. Voltamos ao *drawing room*. A lenha refulgia no escuro. Dr. Selwyn puxou um cordão de campainha situado à direita da lareira. Quase instantaneamente, como se estivesse à espera do sinal lá fora no corredor, Aileen entrou com o projetor acoplado sobre um carrinho. O grande relógio de ouropel sobre a lareira e as estatuetas de Meissen, um casal de pastores e um mouro de roupas coloridas revirando os olhos, foram afastados para o lado e uma tela com armação de madeira que Aileen também trouxera foi posta na frente do espelho. O suave rom-rom do projetor começou, e a poeira do recinto, de resto invisível, cintilou tremulante no cone de luz, à maneira de prelúdio ao surgimento das imagens. A viagem fora empreendida na primavera. Como sob um véu verde-claro, a paisagem da ilha se alargava à nossa frente. Uma ou duas vezes, via-se Edward com binóculos e estojo para espécimes ou dr. Selwyn de bermuda, com mochila e rede de borboleta. Um dos retratos era idêntico, inclusive nos detalhes, a uma foto de Nabokov tirada nas montanhas acima de Gstaad que eu recortara dias antes de uma revista suíça.

Curiosamente, tanto Edward quanto dr. Selwyn pareciam jovens nas imagens que nos mostraram, embora na época da viagem, exatos dez anos antes, já estivessem com sessenta e tantos. Senti que ambos estavam presenciando esse retorno ao passado não sem uma certa emoção. Mas talvez isso só tenha me dado tal impressão porque nem Edward nem dr. Selwyn queriam ou podiam dizer algo a respeito dessas imagens, ao contrário do que aconteceu com muitas outras, que mostravam a flora primaveril da ilha e todo tipo de bicho rastejante e alado, de modo que, enquanto elas tremiam levemente na tela, um silêncio quase absoluto reinava na sala. Na última imagem, estendeu-se à nossa frente o planalto de Lasithi, visto do alto de um dos desfiladeiros ao norte. A foto deve ter sido tirada por volta do meio-dia, pois os raios do sol confrontam o espectador. Ao sul, sobressaindo da planície com seus dois mil metros de altitude, o monte Spathi parecia uma miragem atrás da torrente de luz. No vasto chão do vale, os campos de batata e legumes, os pomares, os outros pequenos arvoredos e a terra inculta eram um único verde sobre verde, eriçado das centenas de velas brancas dos moinhos de vento. Também diante dessa imagem permanecemos em silêncio por um longo tempo, tão longo que por fim o vidro no slide partiu-se e uma fenda escura correu sobre a tela. A vista do planalto de Lasithi, mantida por tempo tão longo até partir, gravou-se profundamente em mim na época, embora tenha se apagado de minha memória depois disso. Ela só foi me ocorrer novamente anos mais tarde, num cinema de Londres, ao assistir à conversa que Kaspar Hauser tem com seu professor Daumer no quintal da casa deste último, durante a qual Kaspar, para alegria de seu mentor, distingue pela primeira vez entre sonho e realidade, ao introduzir seu relato com as palavras: Sim, sonhei. Sonhei com o Cáucaso. A câmera se move então da direita para a esquerda num arco amplo e nos mostra o panorama de um planalto rodeado de montanhas, um planalto de aparência bastante indiana, no qual se elevam torres e templos em forma de pagode com estranhas fachadas triangulares, em meio a florestas verdes e vegetação rasteira — *follies* que, na luz pulsante que ofusca a imagem, não paravam de me lembrar as velas dos moinhos de vento de Lasithi, que na verdade não vi até hoje.

Em meados de maio de 1971 nos mudamos de Prior's Gate porque, certa tarde, Clara comprou de supetão uma casa. A princípio sentíamos falta da vista ampla, mas agora, em compensação, as lancetas verdes e cinza de dois salgueiros se moviam quase sem cessar na frente de nossas janelas, mesmo nos dias sem vento. As árvores ficavam a menos de quinze metros da casa, e o movimento das folhas parecia tão próximo que muitas vezes, ao olhar para fora, tinha-se a impressão de fazer parte dele. A intervalos bastante regulares, dr. Selwyn nos visitava na casa ainda quase totalmente vazia e nos trazia legumes e ervas de seu jardim — feijão amarelo e azul, batatas cuidadosamente lavadas, batatas-doces, alcachofras, cebolinha, salva, cerefólio e endro. Numa dessas ocasiões, tendo Clara ido à cidade, tivemos, dr. Selwyn e eu, uma longa conversa cujo ponto de partida foi sua pergunta se eu nunca sentia saudades de casa. Eu não soube direito o que responder, mas dr. Selwyn, após uma pausa para reflexão, confessou-me — outra palavra não faria jus à situação — que no curso dos últimos anos fora tomado cada vez mais pela nostalgia. Quando perguntei para onde, afinal, sentia-se tentado a voltar, contou-me que aos sete anos de idade emigrara de uma aldeia lituana nas proximidades de Grodno com a família. Isso acontecera no final do outono de 1899, quando ele, os pais, suas irmãs Gita e Raja e seu tio Shani Feldhendler foram até Grodno na carroça do cocheiro Aaron Wald. Durante anos, as imagens desse êxodo haviam permanecido latentes na memória, mas nos últimos tempos, disse, voltaram e se fizeram presentes. Vejo, disse, como o professor primário no *cheder*, que eu já frequentava havia dois anos, pousa a mão em minha risca. Vejo os quartos vazios da casa. Vejo-me sentado lá no alto da carroça, vejo a garupa do cavalo, a terra ampla e marrom, os gansos com o pescoço esticado no lamaçal dos terreiros e a sala de espera da estação ferroviária de Grodno, superaquecida com sua estufa solitária, cercada por uma grade, e as famílias de emigrantes arranchados ao redor dela. Vejo os fios de telégrafo subindo e descendo diante das janelas do trem, vejo as fachadas das casas de Riga, o navio no porto e o canto escuro no convés, onde fizemos o possível para nos sentir em casa naquele aperto. O alto-mar, o rolo de fumaça, a distância cinza, os altos e baixos do navio, o medo e a esperança que carregávamos em nós, tudo isso, disse-me dr. Selwyn, lembro agora mais uma vez, como se fosse ontem. Cerca de uma semana mais tarde, muito antes do que havíamos previsto, chegamos ao nosso destino. Entramos num estuário amplo. Havia cargueiros por toda parte, pequenos e grandes. Para além das águas se estendia a planície. Todos os emigrantes tinham se reunido no convés e aguardavam que a Estátua da Liberdade emergisse da bruma levada pelo vento, pois todos haviam comprado uma passagem para o Americum, como nós chamávamos. Ao desembarcarmos, ainda não havia a menor dúvida de que tínhamos o chão do Novo Mundo, da cidade prometida de Nova York, debaixo de nossos pés. Mas na verdade, como se revelou algum tempo depois para nosso desgosto — o navio havia zarpado novamente fazia muito —, tínhamos desembarcado em Londres. A maioria dos emigrantes se conformou à força com a situação, mas outros, a despeito de toda prova em contrário, persistiram na ideia de que estavam na América. Londres, portanto, foi onde eu cresci, num porão habitável em Whitechapel, na Goulston Street. Meu pai, que era polidor de lentes, comprou com o pecúlio que trouxera consigo a participação numa óptica, pertencente a um conterrâneo de Grodno chamado Tosia Feigelis. Frequentei uma escola primária em Whitechapel e lá aprendi o inglês como num sonho, por assim dizer da noite para o dia, porque, por amor, eu bebia cada palavra dos lábios de minha jovem e belíssima professora Lisa Owen, e pensando nela repetia sem parar no caminho de casa tudo o que escutara dela durante o dia. Foi também essa bela professora, disse dr. Selwyn, que me inscreveu no exame de ingresso da Merchant Taylors' School, pois ela dava como certo que eu obteria uma das poucas bolsas oferecidas anualmente aos alunos mais carentes. Cumpri as esperanças que ela depositou em mim; a luz na cozinha do apartamento de dois cômodos em Whitechapel, onde eu ficava sentado até tarde da noite, enquanto minhas irmãs e meus pais estavam na cama fazia tempo, nunca se apagava, como meu tio Shani costumava notar. Eu aprendia e lia tudo o que me caísse sob a vista, e superava os maiores obstáculos com facilidade cada vez maior. Ao final da minha época de escola, quando terminei as provas em primeiro lugar no meu ano, a impressão que eu tinha era de ter percorrido um caminho enorme. Eu alcançara o auge da minha dignidade e, numa espécie de segunda confirmação, mudei meu prenome de Hersch para Henry, e meu sobrenome de Seweryn para Selwyn. Curiosamente, logo no início de meus estudos de medicina, em Cambridge, de novo graças a uma bolsa, minha capacidade de aprendizado pareceu ter diminuído sensivelmente, embora também em Cambridge minhas notas estivessem entre as melhores. O resto da história você já sabe, disse dr. Selwyn. Vieram o ano na Suíça, a guerra, o primeiro ano de serviço na Índia e o casamento com Hedi, a quem calei ainda por muito tempo minhas origens. Nos anos 20 e 30 vivemos em grande estilo, do qual você viu os vestígios. Boa parte da fortuna de Hedi foi consumida desse modo. Claro, eu tinha um consultório na cidade e era cirurgião no hospital, mas minha renda sozinha não nos teria permitido um estilo de vida como esse. Nos meses de verão, fazíamos excursões de carro pela Europa. *Next to tennis*, disse dr. Selwyn, *motoring was my greatest passion in those days.* Os carros estão todos na garagem até hoje, e talvez agora valham alguma coisa. Mas nunca me dispus a vender nada, *except perhaps, at one point, my soul. People have told me repeatedly that I haven't the slightest sense of money.* Não tive nem sequer a precaução, disse, de me preparar para a velhice com contribuições para um desses fundos de pensão. *This is why I am now almost a pauper.* Hedi, ao contrário, fez bom uso do restante não desprezível de sua fortuna e hoje é com certeza uma mulher rica. Ainda não sei direito o que nos separou, o dinheiro ou a revelação do segredo das minhas origens ou simplesmente o declínio do amor. Os anos da Segunda Guerra e as décadas seguintes foram para mim uma época cega e nefasta, sobre a qual eu não seria capaz de dizer nada, mesmo se quisesse. Em 1960, quando tive de abrir mão do meu consultório e dos meus pacientes, rompi meus últimos contatos com o chamado mundo real. Desde então, tenho nas plantas e nos animais quase que meus únicos interlocutores. De algum modo me dou bem com eles, disse dr. Selwyn com um sorriso inescrutável, e, levantando-se, estendeu-me a mão em despedida, um gesto extremamente incomum da parte dele.

Depois dessa visita, dr. Selwyn veio nos ver com frequência cada vez menor e a intervalos cada vez maiores. A última vez que o vimos foi no dia em que trouxe para Clara um buquê de rosas brancas entrelaçadas com madressilvas, pouco antes de viajarmos de férias para a França. Algumas semanas mais tarde, no final do verão, ele se suicidou com uma bala de sua pesada espingarda de caça. Como ficamos sabendo ao voltar da França, ele se sentara na beira da cama, pusera a espingarda entre as pernas, assentara o queixo sobre a boca do cano e então, pela primeira vez desde que comprara essa arma antes de partir para a Índia, disparou um tiro com a intenção de matar. Quando nos foi transmitida a notícia, não tive dificuldade de superar meu choque inicial. Mas certas coisas, como percebo cada vez mais, têm um jeito todo especial de retornar, inesperadas e imprevistas, muitas vezes depois de uma longa ausência. Por volta do final de julho de 1986, estive na Suíça por uns dias. Na manhã do dia

23, peguei um trem de Zurique para Lausanne. À medida que o trem, reduzindo a velocidade, atravessava a ponte do Aare rumo a Berna, ergui a vista da cidade para a cadeia de montanhas de Oberland. Como me lembro, ou como talvez agora somente imagine, dr. Selwyn me voltou então pela primeira vez à lembrança, depois de muito tempo. Três quartos de hora mais tarde, para não perder a paisagem do lago Genebra, cujo espetáculo não cansa de me admirar toda vez que se abre, eu estava prestes a pôr de lado um jornal de Lausanne comprado em Zurique e apenas folheado, quando meus olhos pousaram numa reportagem que dizia que os restos do corpo do alpinista bernês Johannes Naegeli, dado como desaparecido desde o verão de 1914, haviam sido novamente expostos à luz pela geleira de Oberaar, setenta e dois anos mais tarde. Assim é que eles voltam, os mortos. Às vezes afloram do gelo mais de sete décadas depois e jazem à beira da morena, um montículo de ossos brunidos e um par de botas com grampos de ferro.

PAUL BEREYTER

*Névoas há que olho
nenhum dispersa*

Em janeiro de 1984, chegou-me de S. a notícia de que na noite de 30 de dezembro, uma semana após completar setenta e quatro anos, Paul Bereyter, que fora meu professor no primário, dera fim a sua vida ao deitar-se na frente de um trem a pequena distância de S., onde os trilhos desviam em curva do pequeno bosque de salgueiros e ganham o campo aberto. O obituário na gazeta local que logo me foi enviada, intitulado "Pesar pela perda de um cidadão querido", não fazia nenhuma referência ao fato de que Paul Bereyter morrera por decisão própria ou à força de uma compulsão autodestrutiva, e falava apenas dos méritos do finado professor, da dedicação dispensada a seus alunos, muito além dos deveres da profissão, da sua paixão pela música, da sua criatividade e outras coisas do tipo. O obituário mencionava ainda de passagem, sem maiores explicações, que durante o Terceiro Reich Paul Bereyter fora impedido de exercer seu ofício de professor. Foi essa afirmação totalmente desconexa e fora de contexto bem como a forma dramática de sua morte que me levaram nos anos seguintes a pensar cada vez mais em Paul Bereyter, até que, por fim, tentei ir além do conjunto de lembranças, a mim muito caras, que eu tinha dele e desvendar sua história que me era desconhecida. Minhas investigações me conduziram de volta a S., que eu visitava a intervalos cada vez maiores desde que terminara a escola. Logo fiquei sabendo que, até sua morte, Paul Bereyter alugara ali um apartamento, num prédio construído em 1970 no terreno que antes abrigara o viveiro e a horta comercial de Dagobert Lerchenmüller, mas que ele pouco parava lá, estava sempre fora, sem que soubessem onde. Essa ausência contínua da cidade, e também seu comportamento cada vez mais estranho, que já se tornara aparente vários anos antes de sua aposentadoria, imprimiu-lhe a fama de excêntrico, que, a despeito de toda a sua habilidade pedagógica, aderira a Paul Bereyter fazia um bom tempo, e, no tocante à sua morte, suscitara a ideia entre a população de S., no meio da qual Paul Bereyter crescera e, com certas interrupções, sempre vivera, de que as coisas terminaram como tinham mesmo de terminar. As poucas conversas que tive em S. com as pessoas que haviam conhecido Paul Bereyter foram tudo menos esclarecedoras, e o único resultado digno de nota foi que ninguém o chamava de Paul Bereyter ou professor Bereyter, mas simplesmente de Paul, o que me deu a impressão de que, aos olhos de seus contemporâneos, ele nunca se tornara de fato um adulto. Lembrei-me então de como nós no colégio também nos referíamos a ele exclusivamente como Paul, não com menosprezo, mas como quem se refere a um irmão mais velho tomado como exemplo, como se ele fosse um de nós ou nós fôssemos íntimos dele. Isso, como percebi mais tarde, era obviamente uma simples ilusão, pois, embora Paul nos conhecesse e nos compreendesse, nenhum de nós fazia ideia de quem ele era e do que se passava dentro dele. Por isso, com muito atraso, tentei me aproximar dele, imaginar como tinha sido sua vida no cômodo espaçoso no andar de cima da velha casa Lerchenmüller, que ficava antes onde agora está o prédio de apartamentos, em meio a canteiros verdes de hortaliças e canteiros coloridos de flores, harmoniosamente demarcados, nos jardins em que Paul costumava dar uma mão durante as tardes. Vi-o deitado ao ar livre na varanda de ripas, seu dormitório de verão, o rosto sob a abóbada das hostes de estrelas; vi-o patinando no inverno, sozinho sobre as lagoas de peixe em Moosbach, e o vi estendido sobre os trilhos. Na minha imaginação, ele tirara os óculos e os pusera sobre o cascalho a seu lado. As tiras brilhantes de aço, as barras transversais dos dormentes, o bosque de pinheiros na encosta sobre o vilarejo de Altstädten e o arco das montanhas que lhe era tão familiar viraram um borrão diante de seus olhos míopes, indistintos no crepúsculo. Por fim, quando o ruído trovejante se aproximou, ele não via mais que um cinza-escuro, mas no meio dele, precisos como uma agulha, a silhueta branca como neve do Kratzer, do Trettach e do Himmelsschrofen. Tais tentativas de tornar presente o passado, como fui obrigado a admitir, não me aproximaram de Paul, a não ser por alguns instantes nos quais a emoção transbordava, o que me parecia inadmissível, e foi para evitar isso que escrevi o que sei de Paul Bereyter e o que fiquei sabendo no curso de minhas investigações a seu respeito.

Em dezembro de 1952, mudamo-nos da aldeia de W. para a cidadezinha de S., a dezenove quilômetros de distância. A viagem, durante a qual meu olhar, de dentro da cabine do caminhão bordô da empresa de transportes e mudanças Alpenvogel, manteve-se fixo nas infinitas séries de árvores à margem da estrada, que, cobertas por geada espessa, emergiam à nossa frente da névoa opaca da manhã, essa viagem, embora tenha durado no máximo uma hora, pareceu-me uma jornada ao redor de meio mundo. Quando por fim atravessamos a ponte sobre o Ach rumo a S., que na época não era a bem dizer uma cidade, mas quando muito um pequeno nó de comércio com talvez nove mil habitantes, fui invadido pela sensação inequívoca de que ali começava para nós uma vida nova, cheia da movimentação da cidade grande, cujos sinais inconfundíveis eu supunha reconhecer nas placas de rua esmaltadas de azul, no relógio gigantesco diante da antiga estação de trem e na fachada a meu ver de suma imponência do Hotel Wittelsbacher Hof. Mas me pareceu particularmente promissor o fato de que as séries de casas fossem interrompidas aqui e ali por edifícios em ruínas, pois, desde que eu estivera em Munique, para mim nada estava tão intimamente associado à palavra "cidade" quanto a presença de escombros, muros chamuscados e vãos de janela por onde se podia ver o ar vazio.

Na tarde em que chegamos, a temperatura despencou. Começou uma tempestade de neve que continuou pelo resto do dia e só amainou de noite, quando passou a cair uma neve uniforme. Ao ir para a escola pela primeira vez em S. na manhã seguinte, a neve estava tão alta que me senti em clima de festa por pura admiração. Ingressei na terceira série, cujo professor era Paul Bereyter. Lá estava eu, com meu pulôver verde-escuro com o cervo dando um salto, diante de cinquenta e um colegas que me fitavam com a maior curiosidade possível, e, como se de uma grande distância, ouvi Paul dizer que eu chegara no momento exato, porque no dia anterior ele havia contado a história do salto do cervo, e agora a figura do salto do cervo do meu pulôver poderia ser copiada na lousa. Pediu-me que tirasse o pulôver e me sentasse provisoriamente ao lado de Fritz Binswanger na última fileira, enquanto ele, com base na figura do salto do cervo, nos mostraria como uma imagem podia ser decomposta em partes minúsculas — pequenas cruzes, quadrados ou pontos — ou então combinada a partir delas. Logo me vi debruçado sobre o caderno de exercícios ao lado de Fritz, copiando o cervo saltador da lousa em meu papel quadriculado. Fritz, que, como logo descobri, cursava a terceira série pela segunda vez, também empregava visível esforço em seu trabalho, mas o progresso era infinitamente lento. Mesmo quando os mais atrasados já haviam terminado fazia tempo, ele não tinha muito mais que uma dúzia de cruzinhas sobre a página. Após uma troca de olhares silenciosa, completei rapidamente seu trabalho fragmentário, como fiz, aliás, com boa parte de suas tarefas de aritmética, redação e desenho nos quase dois anos durante os quais, desse dia em diante, nos sentamos um ao lado do outro, coisa facílima de fazer, e por assim dizer de maneira imperceptível, porque Fritz e eu, como Paul notava várias vezes balançando a cabeça, tínhamos a mesma letra incorrigivelmente desleixada, com a única diferença de que Fritz não conseguia escrever rápido, e eu não conseguia escrever devagar. Paul não fazia objeção a nosso trabalho conjunto; antes, para nos incentivar ainda mais, pendurou a caixa de vidro com escaravelhos na parede ao lado de nossa carteira, uma caixa com terra pela metade e moldura marrom, na qual se via, além de um par de escaravelhos sob a terra rotulados *Melolontha vulgaris* em caligrafia alemã arredondada, uma ninhada de ovos, uma pupa e uma larva, e, na parte superior, um escaravelho que saía do ovo, outro que esvoaçava e outro que comia folhas de macieira. Essa caixa, com a misteriosa metamorfose do inseto, inspirou Fritz e a mim no início do verão a um estudo intensivo dos escaravelhos em toda a sua natureza, incluindo exames anatômicos que culminaram no cozimento e degustação de um guisado de escaravelhos. Fritz, aliás, que vinha de uma numerosa família de agricultores de Schwarzenbach e, até onde se sabia, jamais tivera um verdadeiro pai, nutria extremo interesse por tudo que era ligado a alimentos, sua preparação e ingestão. Todo dia ele discorria com grandes detalhes sobre a qualidade do sanduíche que eu trazia comigo e dividia com ele, e no caminho de casa sempre parávamos em frente da vitrine da confeitaria Turra ou daquela do empório de frutas exóticas Einsiedler, onde a principal atração era um aquário de trutas verde-escuras, com ar que borbulhava pela água. Certa vez, quando estávamos já havia um bom tempo diante da loja, de cujo interior sombreado soprava um agradável frescor naquela tarde de setembro, o velho Einsiedler apareceu na porta e deu de presente a cada um uma pera imperial, um verdadeiro milagre não só por causa dessas esplêndidas raridades, mas principalmente porque Einsiedler era famoso pelo seu temperamento colérico, um homem que não odiava nada tanto quanto atender os poucos clientes que lhe restavam. Foi enquanto comia a pera imperial que Fritz me confidenciou que pretendia ser cozinheiro, e cozinheiro ele de fato se tornou, um cozinheiro, como posso dizer sem exagero, de renome internacional, que, após aperfeiçoar até o último grau sua arte culinária no Grand Hotel Dolder em Zurique e no Victoria Jungfrau em Interlaken, foi requisitado tanto em Nova York como em Madri e Londres. Foi aliás durante sua temporada em Londres que tornamos a nos encontrar, numa manhã de abril de 1984, na sala de leitura do British Museum, onde eu pesquisava a história da expedição de Bering ao Alasca, enquanto Fritz estudava os livros de culinária franceses do século XVIII. Estávamos sentados, como quis o acaso, somente a uma fileira de distância, e, quando a certa altura erguemos a vista do nosso trabalho ao mesmo tempo, tornamos a nos reconhecer imediatamente, apesar do quarto de século que se passara. No café, contamos então um ao outro nossas histórias e falamos também um bom tempo sobre Paul, de quem na memória de Fritz restara sobretudo o fato de que ele não o vira uma vez sequer comendo alguma coisa.

Em nossa sala de aula, cuja planta tínhamos de desenhar em escala nos nossos cadernos, havia vinte e seis carteiras em três fileiras, parafusadas solidamente ao piso de tábuas enceradas.

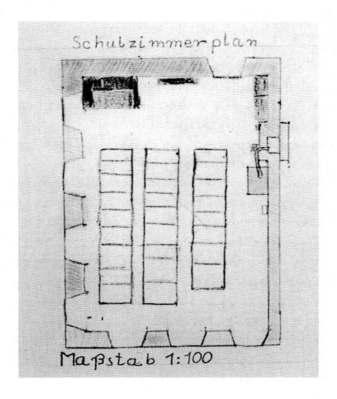

Do estrado do professor, atrás do qual pendiam da parede o crucifixo com o abano de palmeira, era possível enxergar de cima a cabeça dos alunos, mas, se não estou redondamente enganado, Paul jamais ocupou esse posto elevado. Quando não estava junto à lousa ou ao mapa-múndi de oleado fendido, ele caminhava pelas fileiras de carteiras ou se apoiava, os braços cruzados, no armário ao lado da estufa de ladrilhos verde. Seu lugar preferido, porém, era na frente de uma das janelas com face para o sul, que formavam nichos profundos na parede; diante delas, entre a ramagem do velho pomar de macieiras da destilaria Frey, caixas para ninhada de estorninhos sobre longos paus de madeira se lançavam para o céu, limitado ao longe pela linha denteada dos Alpes do vale do Lech, branca de neve quase o ano letivo inteiro. O antecessor de Paul, professor Hormayr, temido pelo seu regime implacável, segundo o qual infratores eram obrigados a permanecer horas a fio de joelhos sobre tábuas pontiagudas, mandara caiar as janelas pela metade, para que as crianças não pudessem olhar para fora. A primeira medida de Paul ao assumir o cargo em 1946 foi remover ele mesmo essa pintura, raspando-a trabalhosamente com uma lâmina de barbear, tarefa que no fundo não era tão urgente assim, já que Paul tinha em todo caso o hábito de escancarar as janelas, mesmo quando o tempo era ruim, ou mesmo no frio mais rigoroso do inverno, convencido que estava de que a falta de oxigênio prejudicava a capacidade de raciocínio. O que preferia durante as aulas, portanto, era ficar num dos nichos das janelas na parte anterior do recinto, meio virado para a classe, meio para fora; rosto quase sempre voltado ligeiramente para cima, óculos cintilantes à luz do sol, ele falava para nós dessa posição periférica. Em frases bem ordenadas, falava sem o menor vestígio de dialeto, mas com um ligeiro embaraço de fala ou timbre, como se o som não viesse da laringe, mas de algum lugar perto do coração, razão pela qual surgia às vezes a impressão de que tudo era impulsionado por um mecanismo de engrenagens dentro dele e que Paul era em seu todo um ser humano artificial, feito de partes de lata e outros metais, a quem a menor falha operacional poria para sempre fora de funcionamento. Aliás, muitas vezes ele ia ao desespero com nossa lerdeza de pensamento. Passava então a mão esquerda pelo cabelo, de modo que este ficava em pé, como uma entonação dramática. Também não era raro ele tirar do bolso seu lenço e cravar-lhe os dentes, de raiva pelo que considerava, talvez não sem razão, nossa premeditada estupidez. Após tais acessos, era comum ele tirar os óculos e ficar ali parado no meio da classe, cego e indefeso, bafejando nas lentes e polindo-as com tal devoção que parecia estar feliz em não precisar nos ver por alguns instantes.

A aula que Paul nos dava incluía plenamente as matérias prescritas para a escola primária de então: tabuada, aritmética básica, alfabeto alemão e latino, ciências naturais, história e costumes da região, canto e a chamada educação física. Estudos religiosos, porém, não era Paul que lecionava; em seu lugar, veio primeiro, uma vez por semana, o catequista Meier, com *e-i*, que ceceava, e depois o beneficiário Meyer, com *e-y*, de voz estentórea, para nos ensinar o significado da confissão, o credo, o calendário litúrgico, os sete pecados capitais e coisas semelhantes. Paul, sobre quem corria o boato de que era livre-pensador, algo cujo significado me escapou durante muito tempo, sempre arrumava jeito de evitar Meier-com-i ou Meyer-com-y tanto no início quanto no fim das aulas de religião, pois claramente nada lhe era tão repulsivo quanto a beatice católica. E quando voltava para a sala após terminada a aula de religião e encontrava um altar de Advento desenhado na lousa com giz lilás, um ostensório vermelho e amarelo ou coisas do tipo, prontamente se punha a apagar essas obras de arte com conspícua veemência e meticulosidade. Antes de cada aula de religião, Paul sempre enchia até a borda a bacia de água benta fixada ao lado da porta, que representava o coração flamejante de Jesus, usando para isso, como eu próprio vi diversas vezes, o regador com que normalmente regava o canteiro de gerânios. Com isso, o beneficiário nunca conseguia pôr em uso o frasco de água benta que sempre trazia consigo em sua pasta preta e brilhante de couro de porco. Entornar simplesmente um pouco da água da bacia cheia até a borda, isso ele não se atrevia a fazer, e assim oscilava, no tocante a uma explicação plausível para o aparentemente inesgotável coração de Jesus, entre a suspeita de malícia sistemática e a esperança, cujo lampejo era intermitente, de que se tratasse de um sinal de instâncias superiores, quando não de um verdadeiro milagre. Com certeza, todavia, tanto o beneficiário quanto o catequista consideravam Paul uma alma perdida, pois fomos exortados mais de uma vez a rezar para que nosso professor se convertesse à legítima fé. Mas a aversão de Paul à Igreja de Roma era muito mais do que uma simples questão de princípio; ele efetivamente tinha horror aos vigários de Deus e ao cheiro de naftalina que exalavam. Aos domingos ele não só não ia à igreja, como se afastava o máximo da cidade, embrenhando-se nas montanhas, onde não escutava mais o repique dos sinos. Se não fazia tempo bom, passava as manhãs de domingo com Colo, o sapateiro, um filósofo e autêntico ateísta que tomava o dia do Senhor, se não estivesse jogando xadrez com Paul, como ocasião para redigir diversos panfletos e tratados contra a Santa Igreja. Certa vez, como agora me volta à memória, fui testemunha de um episódio no qual a aversão de Paul a toda hipocrisia obteve uma vitória incontestável sobre a indulgência com que costumava suportar os vícios intelectuais do mundo em que vivia. Na série acima da minha havia um aluno chamado Ewald Reise, que sucumbira plenamente à influência do catequista e demonstrava — ou, melhor seria dizer, ostentava — um grau de beatice francamente inacreditável para um garoto de dez anos. Com tão tenra idade, Ewald já parecia um rematado capelão. Era o único em toda a escola que usava um casacão, junto com um xale violeta cruzado sobre o peito e fixado com um alfinete de segurança, por nós chamado de *Glufe*. Reise, que jamais ficava com a cabeça descoberta — mesmo no alto verão ele usava um chapeuzinho de palha ou uma boina leve de linho —, inspirava tamanha antipatia a Paul como um exemplo da estupidez congênita e voluntária que ele tanto execrava que certo dia, quando o garoto esqueceu de tirar o chapéu para ele na rua, Paul retirou-lhe o chapéu, deu-lhe um tapa e tornou a pôr o chapéu no lugar, com a censura de que mesmo um futuro capelão deveria cumprimentar direito seu professor. Paul gastava pelo menos um quarto de todas as suas aulas para transmitir conhecimentos que não estavam no programa. Ensinou-nos os rudimentos da álgebra, e seu entusiasmo pelas ciências naturais era de tal ordem que certa vez, para assombro da vizinhança, ele ferveu durante vários dias numa velha panela de conservas em seu fogão de cozinha o cadáver de uma raposa que encontrara na floresta, para poder então reconstituir conosco um esqueleto de verdade na escola. Nunca lemos os manuais indicados para a terceira e quarta séries, definidos por Paul como ridículos e hipócritas, mas quase exclusivamente o *Rheinischer Hausfreund*, do qual Paul, desconfio que à sua própria custa, comprara sessenta exemplares. Muitas das histórias nele contidas, como a da decapitação secreta, deixaram em mim uma impressão das mais vivas, que até hoje não se dissipou; porém, mais do que todo o resto — por quê, também não sei —, me lembro das palavras ditas pelo peregrino à proprietária da hospedaria em *Baselstab*: "Quando eu voltar, vou lhe trazer uma concha sagrada da praia de Ascalom ou uma rosa de Jericó". Ao menos uma vez por semana, Paul nos dava aula de francês. Começou com a simples observação de que ele morara um dia na França, que as pessoas lá falavam francês, que ele sabia como fazê-lo, e que nós, se quiséssemos, poderíamos facilmente imitá-lo. Numa manhã de maio, sentamos então lá fora no pátio da escola, onde no frescor da claridade logo compreendemos o que significava *un beau jour*, e que uma castanheira em flor poderia muito bem se chamar um *chataignier en fleurs*. Em geral, a aula de Paul era a mais lúcida que se pode imaginar. Assim é que, por princípio, para ele tinha grande valor nos fazer sair do prédio da escola sempre que surgia a ocasião e observar o máximo de coisas por toda a cidade — a central elétrica com a usina transformadora, as fornalhas fumegantes e a forja a vapor da fundição, a fábrica de cestos e a queijaria. Visitamos a sala do mosto na cervejaria e a sala do malte, onde reinava um silêncio tão completo que nenhum de nós ousou dizer uma palavra, e um dia visitamos também o espingardeiro Corradi, que exercia seu ofício em S. havia quase sessenta anos. Corradi usava invariavelmente uma viseira verde e, sempre que a luz vinda da janela da oficina permitia, debruçava-se sobre os complicados fechos de velhas armas de fogo que, além dele, ninguém nas redondezas era capaz de consertar. Quando conseguia reparar um desses fechos, saía ao jardim da frente com a arma e disparava alguns tiros para o ar por puro prazer, para marcar o final do trabalho.

O que Paul chamava suas "aulas de contemplação" nos levou, no correr do tempo, a todos os locais que eram de interesse por uma razão ou outra, num raio de cerca de duas horas a pé. Fomos ao castelo Fluhenstein, ao desfiladeiro de Starzlach, à adutora acima de Hofen e ao paiol de pólvora na montanha do Calvário, onde a Associação dos Veteranos mantinha seus canhões de cerimônia. Não foi pequeno nosso espanto quando, depois de diversos estudos preliminares que se estenderam por várias semanas, conseguimos encontrar o túnel da mina de linhito na Straussberg, abandonado após a Primeira Guerra Mundial, e as ruínas do funicular com que o carvão era transportado da boca do túnel até a estação de Altstädten, lá embaixo. Mas nem todas as excursões eram desse tipo, voltadas a um propósito específico; em dias particularmente bonitos, saíamos a campo para praticar nossa botânica, ou então, sob o pretexto botânico, apenas para bater perna. Nessas ocasiões, em geral no início do verão, o filho do barbeiro e legista Wohlfahrt muitas vezes se juntava a nós. Conhecido por todos somente como Mangold, e tido como alguém com um pa-

rafuso a menos, essa criatura de idade incerta e humor infantil ficava feliz da vida quando, grandalhão que era no meio de nós, pré-adolescentes, demonstrava ser capaz de dizer logo de cara em qual dia da semana uma data qualquer do passado ou do futuro cairia, embora de resto não fosse capaz de efetuar nem sequer a mais fácil das operações. Se, por exemplo, alguém dissesse a Mangold que nascera no dia 18 de maio de 1944, ele retrucava na hora que tinha sido uma quinta-feira. E se alguém tentasse pô-lo à prova com questões difíceis, como a data de nascimento do papa ou do rei Ludwig, ainda assim ele sabia informar sem a menor hesitação de qual dia da semana se tratava. Paul, ele próprio espantoso ao fazer contas de cabeça e em geral um matemático de primeira linha, tentou durante anos a fio desvendar o segredo de Mangold por meio de complicados testes, questionários e outros artifícios. Até onde sei, no entanto, nem ele nem ninguém teve sucesso, porque Mangold mal compreendia as perguntas que lhe faziam. Quanto ao mais, Paul, assim como nós e Mangold, desfrutava claramente essas excursões ao campo. Com sua japona ou mesmo apenas em mangas de camisa, ele caminhava a nossa frente com o rosto ligeiramente voltado para cima, dando aqueles passos largos e esvoaçantes que lhe eram tão característicos, uma verdadeira imagem, como percebo agora em retrospectiva, do movimento alemão *Wandervogel*, que deve tê-lo influenciado em sua juventude. Era hábito de Paul assobiar sem parar enquanto caminhava pelos campos. Assobiava como ninguém; maravilhosamente rico, igual ao de uma flauta, era o som que criava, e mesmo ao subir uma montanha ele era capaz de assobiar em sequência, com aparente facilidade, as cadências e ligaduras mais longas, não apenas algo qualquer, mas passagens e melodias harmônicas, bem compostas, que nenhum de nós jamais escutara e que sempre me davam um aperto no coração quando, anos mais tarde, eu as reconhecia numa ópera de Bellini ou numa sonata de Brahms. Quando fazíamos uma pausa para descanso, Paul pegava seu clarinete, que carregava indefectivelmente consigo embrulhado numa velha meia de algodão, e tocava as peças mais diversas, sobretudo movimentos lentos, do repertório clássico, que me era totalmente desconhecido na época. Fora essas aulas de música, nas quais cabia a nós servir apenas de plateia, ensaiávamos pelo menos uma vez a cada duas semanas uma canção, sendo as contemplativas também preferidas às joviais. "Zu Strassburg auf der Schanz, da fing mein Trauern an", "Auf den Bergen die Burgen", "Im Krug zum grünen Kranze" e "Wir gleiten hinunter das Ufer entlang", tais eram as canções que aprendíamos. Mas só fui perceber o verdadeiro sentido que a música tinha para Paul quando o filho extremamente talentoso do organista Brandeis, que já frequentava o conservatório, veio à nossa aula de canto, a convite de Paul, presumo, e tocou com seu violino um concerto para uma plateia de crianças camponesas — pois isso é o que nós éramos, quase sem exceção. Paul, que como de costume estava de pé junto à janela, longe de ser capaz

de encobrir a emoção que a música do jovem Brandeis despertava nele, teve de retirar os óculos porque seus olhos tinham se
enchido de lágrimas. Pelo que me lembro, chegou mesmo a se
virar para esconder de nós o soluço que lhe sobreveio. Mas não
era somente a música que desencadeava em Paul tais impulsos;
pelo contrário, a todo momento — no meio da aula, durante o
intervalo ou quando saíamos em excursão — podia acontecer de
ele estacar ou sentar-se em algum lugar, absorto e à parte, como
se ele, que parecia sempre de bom humor e animado, fosse na
verdade a desolação em pessoa.

No que diz respeito a essa desolação, só fui compreendê-la
em certa medida quando consegui encaixar minhas próprias lembranças fragmentárias naquilo que me contou Lucy Landau, que,
como fiquei sabendo no curso de minhas investigações em S.,
providenciara o enterro de Paul no cemitério local. Lucy Landau
morava em Yverdon, onde, num dia de verão no segundo ano
após a morte de Paul, um dia que me ficou na lembrança como
curiosamente silencioso, lhe fiz a primeira de uma série de visitas. Ela começou me contando que aos sete anos, junto com o
pai viúvo que era historiador da arte, havia deixado sua cidade
natal, Frankfurt. A pequena vila à margem do lago na qual morava fora construída por um fabricante de chocolate na virada
do século, para seus anos de velhice. O pai de mme. Landau a
adquirira no verão de 1933, embora essa compra, como disse mme.
Landau, tenha consumido quase todo o seu patrimônio e ela tenha sido obrigada, em consequência disso, a passar a infância inteira e os anos de guerra que se seguiram numa casa praticamente sem móveis. Morar naqueles cômodos vazios, porém, nunca
lhe parecera uma privação, mas antes, de uma forma que não
era fácil de descrever, um favor ou uma distinção a ela conferi-
dos por uma feliz conjunção de eventos. Ela ainda se lembrava
com grande clareza, por exemplo, assim contou mme. Landau, do

47

seu oitavo aniversário, quando seu pai estendeu uma toalha de papel branca sobre uma pequena mesa no terraço, e ali ela e Ernest, seu novo amigo da escola, sentaram para jantar enquanto o pai, usando um colete preto e com um guardanapo sobre o antebraço, bancara o garçom com rara perfeição. Na época, a casa vazia com as janelas abertas de par em par e as árvores ao redor balançando ligeiramente foram o palco de um espetáculo mágico. E quando então, prosseguiu mme. Landau, uma fogueira atrás da outra começou a brilhar nas margens do lago até St. Aubin e mais além, foi aí que ela se convenceu plenamente de que tudo aquilo acontecia somente por sua causa, em homenagem ao seu aniversário. Ernest, disse mme. Landau com um sorriso dirigido a ele, por sobre os anos que haviam se passado, Ernest sabia muito bem, é claro, que o feriado nacional era a razão para as fogueiras que brilhavam ao redor na escuridão, mas evitou com extremo tato estragar minha felicidade com explicações de qualquer tipo. Aliás, a discrição de Ernest, que era o caçula de uma numerosa família de operários, sempre permaneceu exemplar em meu entender, e ninguém jamais o igualou, com a possível exceção de Paul, que conheci infelizmente tarde demais — no verão de 1971, em Salins-les-Bains, no Jura francês.

A essa revelação seguiu-se um longo silêncio, antes de mme. Landau acrescentar que, na época, estava lendo a autobiografia de Nabokov num banco de parque na Promenade des Cordeliers quando Paul, após passar por ela duas vezes, dirigiu-lhe a palavra acerca dessa leitura com uma cortesia que beirava a extravagância, e dali em diante, naquela tarde inteira e durante todas as semanas que se seguiram, travou com ela as conversas mais simpáticas em seu francês um pouco antiquado, mas absolutamente correto. Explicara a ela logo de saída, por assim dizer como introdução, que viera a Salins-les-Bains, sua velha conhecida, porque o que ele referia como seu estado se deteriorara a tal ponto nos últimos anos que sua claustrofobia o impedia de lecionar e seus alunos lhe pareciam — embora tivesse sempre sentido afeição por eles, como sublinhou — criaturas desprezíveis e repulsivas, a simples visão dos quais o fizera sentir mais de uma vez uma violência sem nenhum fundamento irromper dentro de si. Paul fazia o possível para disfarçar ou dissimular a angústia e o medo da insanidade que transpareciam de tais confissões. Assim, disse mme. Landau, já nos primeiros dias depois de se conhecerem, ele contou, com uma ironia que fazia tudo parecer leve e sem importância, sobre sua recente tentativa de suicídio, descrevendo tal tentativa como um constrangimento sem igual, de que se recordava só muito a contragosto, mas que se sentia obrigado a mencionar, para que ela estivesse a par de tudo quanto se referisse ao estranho companheiro ao lado do qual ela tinha a gentileza de passear pela estival Salins. *Le pauvre Paul*, disse mme. Landau, perdida em pensamentos, e então, tornando a me fitar, observou que ao longo de sua vida, que não era desprezível, ela conhecera um número razoável de homens — de perto, frisou, uma expressão marota no rosto —, todos eles, de um modo ou de outro, apaixonados por si mesmos. Cada um desses senhores, cujos nomes, graças a Deus, ela esquecera em sua maioria, não passava de um bruto grosseiro, ao passo que Paul, quase consumido pela solidão dentro dele, era simplesmente o companheiro mais atencioso e divertido que se pode desejar. Os dois, disse mme. Landau, haviam feito maravilhosas caminhadas em Salins e excursões pelos arredores. Visitaram juntos as termas e as galerias de sal, e passaram tardes inteiras no alto do Fort Belin. Admiraram das pontes as águas verdes da Furieuse enquanto contavam histórias um ao outro, foram até a casa de Pasteur em Arbois e, em Arc-et-Senans, visitaram os prédios para a produção de sal que haviam sido construídos no século XVIII como modelo ideal de fábrica, cidade e sociedade, ocasião na qual Paul, numa conjetura na opinião dela bastante ousada, vinculara o conceito burguês de utopia e ordem, tal como expresso nos esboços e edifícios de Nicolas Ledoux, com o progressivo aniquilamento e destruição da vida natural. Ela própria se espantava, agora que falava sobre o assunto, disse mme. Landau, como as imagens que imaginara soterradas sob o luto por Paul ainda lhe eram presentes. As mais claras de todas, porém, eram as da excursão — uma excursão um tanto cansativa, apesar do teleférico — a Montrond, de cujo topo ela contemplara por uma eternidade a paisagem do lago Genebra, que parecia bastante reduzida em tamanho, como se construída para um trenzinho de ferro. Essas miniaturas de um lado, e de outro Montblanc, cujo volume se erguia suavemente sobre elas, a geleira Vanoise quase invisível na distância bruxuleante e o panorama alpino que ocupava meio horizonte haviam despertado nela, pela primeira vez em sua vida, o senso das dimensões contraditórias de nossas aspirações.

Numa visita posterior à Villa Bonlieu, perguntei sobre a familiaridade de Paul, vinda de épocas passadas, com o Jura e a região em torno de Salins, algo a que mme. Landau fizera alusão, e fiquei sabendo que, do outono de 1935 até o início de 1939, ele estivera primeiro por breve período em Besançon e depois atuara como preceptor numa família chamada Passagrain em Dôle. Como para explicar melhor essa informação, à primeira vista não de todo compatível com a carreira de um professor primário alemão nos anos 30, mme. Landau me apresentou um álbum de formato grande, que documentava em fotografias não apenas o período em questão, mas, à parte uma ou outra lacuna, quase toda a vida de Paul Bereyter, com notas de seu próprio punho. Vezes e mais vezes, de frente para trás e de trás para a frente, folheei esse álbum naquela tarde, e desde então torno a folheá-lo de tempos em tempos, porque, ao contemplar as fotos nele contidas, efetivamente me parecia, e ainda me parece, como se regressassem os mortos ou como se estivéssemos prestes a nos juntar a eles. As primeiras fotografias relatavam uma infância feliz no lar dos Bereyter na Blumenstrasse, vizinho da horta de Lerchenmüller, e mostrava diversas vezes Paul com seu gato e um galo, pelo visto, completamente domesticado. Seguiam-se os anos num internato, não menos felizes que a infância que acabara de terminar, e então o ingresso na escola normal de Lauingen, que Paul descrevia como instituição de adestramento de professores.

Mme. Landau observou que Paul se submetera a essa formação, que seguia as diretrizes mais obtusas e era ditada pelo catolicismo mais mórbido, apenas porque queria ser professor primário a todo custo, mesmo se o preço a pagar fosse uma formação desse tipo, e apenas seu idealismo absolutamente incondicionado lhe permitira sobreviver ao período em Lauingen sem sofrer o menor dano em sua alma. De 1934 a 1935, Paul, então com vinte e quatro anos, completou seu estágio probatório na escola primária de S., por sinal na mesma sala de aula, como constatei não sem espanto, onde uns bons quinze anos mais tarde ensinou outro

bando de crianças, que mal difere desse representado aqui, entre os quais eu me incluía. O verão de 1935, que se seguiu ao seu ano probatório, foi uma das melhores épocas de todas (como as fotos do álbum e alguns comentários de mme. Landau deixaram claro) na vida do futuro professor primário Paul Bereyter, com a temporada de várias semanas que Helen Hollaender, de Viena, passou em S. Helen, que era dois ou três meses mais velha e, assim

está indicado no álbum com dois pontos de exclamação, alojou-se na casa dos Bereyter, enquanto a mãe se hospedou na pensão Luitpold, foi para Paul, a julgar pela opinião de mme. Landau, nada menos que uma revelação, pois se essas fotos não enganam,

disse ela, Helen Hollaender era uma mulher de espírito independente, sagaz, e além disso suas águas eram profundas, águas nas quais Paul gostava de ver o próprio reflexo.

E então, prosseguiu mme. Landau, imagine só: no início de setembro, Helen volta com a mãe para Viena, Paul assume seu primeiro posto regular na remota aldeia de W. e lá, mal tivera tempo de memorizar os nomes das crianças, recebe um aviso oficial no qual se lê que não seria mais possível a sua permanência no magistério, em razão dos preceitos legais que lhe eram conhecidos. O futuro próspero com que sonhara naquele verão desmorona sem o menor ruído, como o proverbial castelo de cartas. Borram todas as perspectivas diante dos olhos, e ele sente, sentiu então pela primeira vez, aquela insuperável sensação de derrota que tantas vezes o assaltaria mais tarde e com a qual, por fim, não pôde mais se haver. No fim de outubro, disse mme. Landau concluindo por ora seu relato, Paul viajou a Besançon via Basileia, onde assumiu a posição de preceptor por intermédio de um correspondente de seu pai. Uma pequena fotografia de uma tarde de verão mostra quão pouco à vontade ele devia estar se sentindo nessa época: Paul aparece na extremidade esquerda, uma pessoa que, no intervalo de um mês, mergulhara da felicidade na infelicidade e se achava tão assustadoramente magra que parece quase ter atingido o ponto de fuga corpóreo.

Mme. Landau não soube me dizer ao certo o que foi feito de Helen Hollaender. Paul, disse ela, manteve a respeito um silêncio obstinado, talvez porque, assim ela supunha, fosse atormentado pela ideia de lhe ter faltado e tê-la deixado na mão. Pelo que ela própria pudera averiguar, porém, restava pouca dúvida de que Helen e sua mãe haviam sido deportadas num desses comboios especiais que partiam das estações de Viena antes da alvorada, provavelmente com destino a Theresienstadt como primeira parada.

Assim, pouco a pouco, a vida de Paul Bereyter emergia do segundo plano. Mme. Landau não ficou nem um pouco surpresa que, embora eu viesse de S. e soubesse como eram as coisas na cidade, me tivesse passado despercebido o fato de o velho Bereyter ser um chamado meio-judeu, e Paul, em consequência, somente três quartos ariano. Você sabe, ela me disse numa de minhas visitas a Yverdon, você sabe, a meticulosidade com que essa gente, nos anos depois da guerra, calava sobre tudo, guardava segredo e, como às vezes imagino, chegava de fato a esquecer é na verdade apenas o reverso da maneira pérfida como Schöferle, por exemplo, o proprietário de um café em S., fez notar à mãe de Paul, que se chamava Thekla e atuara durante algum tempo nos palcos do teatro municipal de Nuremberg, que a presença de uma senhora casada com um meio-judeu podia causar embaraço à sua respeitável clientela e que, portanto, ele pedia com todo o respeito, como era óbvio, que ela se abstivesse de sua visita diária ao café. Não me surpreende, disse mme. Landau, não me surpreende nem um pouco que lhe tenham passado despercebidas a infâmia e a mesquinharia a que estava exposta uma família como os Bereyter num covil miserável como S. era na época e como ainda é, apesar de todo o chamado progresso; não me surpreende, uma vez que está na lógica de toda a história.

O pai de Paul, homem refinado e propenso à melancolia, disse mme. Landau, empenhada em recuperar o tom objetivo após o pequeno arroubo que se permitira, era natural de Gunzenhausen, na Francônia, onde o avô de Paul, Amschel Bereyter, tocava uma mercearia e havia se casado com sua empregada cristã, que se afeiçoara bastante a ele depois de alguns anos de serviço em sua casa, época em que ele, Amschel, já passava dos cinquenta, enquanto Rosina ainda tinha uns vinte e cinco anos. Desse casamento, bastante reservado como é natural, nasceu então um único filho, Theo, o pai de Paul. Depois do aprendizado como comerciante em Augsburg e de um longo período empregado numa loja de Nuremberg, durante o qual alcançou os escalões mais altos, Theo Bereyter se mudou em 1900 para S. e abriu ali, com o capital que em parte economizara, em parte tomara emprestado, um empório onde vendia de tudo, de café a botão de colarinho, de camisola a relógio cuco, de açúcar cristalizado a cartola retrátil. Paul lhe descrevera uma vez em detalhes, contou mme. Landau, esse empório maravilhoso, quando esteve de cama num hospital de Berna no verão de 1975, os olhos vendados após uma operação de catarata, e quando pôde ver coisas, assim disse, com extrema clareza, como aquelas que vemos em sonho, das quais não tinha ideia que ainda estivessem dentro dele. Na infância, tudo no empório lhe parecia alto demais, sem dúvida por causa de seu tamanho reduzido, mas também porque as estantes chegavam até o topo dos quatro metros do pé-direito. A iluminação do empório, que entrava somente por estreitas claraboias na parede da vitrine, era crepuscular mesmo nos dias mais claros de verão, o que para ele como criança, assim disse Paul, deve ter ficado tanto mais evidente quando pedalava seu triciclo, quase sempre no plano mais baixo, pelas vertentes entre mesas, caixas e balcões, em meio a uma variedade de cheiros, dos quais o de naftalina e o de sabonete de lírio-do-vale eram sempre os mais pungentes, enquanto lã de feltro e tecido *loden* subiam ao nariz apenas em tempo úmido, e os arenques e o óleo de linhaça em tempo quente. Durante horas a fio, dissera Paul, profundamente emocionado com as próprias memórias, ele pedalara naquele tempo entre as fileiras escuras aparentemente infindas de rolos de material, entre as botas de couro luzidias, os jarros de conserva, os regadores galvanizados, o suporte para chicotes e o armário especial que lhe parecia particularmente mágico, onde retroses Gütermann em todas as cores do espectro solar estavam dispostos em ordem atrás de pequenas vidraças. Os funcionários do empório eram o balconista e contador Frommknecht, que já aos trinta tinha um ombro mais alto que o outro de tanto se debruçar sobre a correspondência e os eternos números e cifras, a velha srta. Steinbeiss, que saltitava de lá para cá o dia inteiro com flanela e espanador, e os dois atendentes Hermann Müller e Heinrich Müller (não eram parentes, como frisavam a todo instante), que ficavam à direita e à esquerda da monumental caixa registradora, sempre de colete e braçadeira, e tratavam a clientela com a condescendência natural, por assim dizer, daqueles que têm berço. Seu pai, Theo Bereyter, porém, o próprio dono do empório, sempre que descia à loja por algumas horas, o que acontecia diariamente, vestindo uma sobrecasaca ou um terno de riscas finas com polainas, assumia seu posto entre as duas palmeiras em pote que eram postas, dependendo do tempo, ora do lado de dentro, ora do lado de fora da porta de vaivém, e acompanhava cada um dos clientes que entravam no empório com os mais respeitosos cumprimentos, fosse o residente mais necessitado do asilo em frente ou a pródiga esposa de Hastreiter, o dono da cervejaria, e então tornava a acompanhá-los na saída com a mesma cortesia.

O empório, acrescentou ainda mme. Landau, sendo a única loja de maior porte na cidade e em toda a região, assegurou aparentemente um padrão de vida razoável à família Bereyter e até mesmo uma ou outra extravagância, como fica evidente, disse mme. Landau, pelo simples fato de que Theodor dirigia um Dürkopp nos anos 20, causando sensação em locais tão distantes

quanto o Tirol, Ulm ou o lago Constança, como Paul gostava de lembrar. Theodor Bereyter faleceu — e isso eu também soube por mme. Landau, que, como ficava mais claro para mim a cada visita, devia ter conversado interminavelmente com Paul sobre todas essas coisas — no Domingo de Ramos de 1936, alegadamente de insuficiência cardíaca, mas na verdade, como a própria mme. Landau sublinhou, devido à raiva e à angústia que o consumiam havia exatos dois anos, desde que as famílias judias estabelecidas durante gerações em sua cidade natal de Gunzenhausen tinham se tornado alvo de pesadas agressões. O dono do empório, em cujo préstito não havia ninguém senão sua mulher e seus funcionários, foi enterrado ainda antes da Páscoa num canto remoto do cemitério de S., localizado atrás de uma mureta e reservado a suicidas e gente sem confissão. Ainda quanto a isso, disse mme. Landau, vale lembrar que, embora o empório herdado pela viúva Thekla com a morte de Theodor Bereyter não pudesse ser "arianizado", a família no entanto o vendeu a preço de banana a Alfons Kienzle, um comerciante de gado e imóveis que se apresentava havia algum tempo como pessoa ponderada, depois de cuja duvidosa transação Thekla Bereyter entrou em depressão e faleceu em poucas semanas.

Paul seguia de longe, disse mme. Landau, todos esses episódios, sem ser capaz de intervir, pois, de um lado, quando as más notícias chegavam até ele, já era sempre tarde demais e, de outro, seu poder de decisão sofrera uma espécie de paralisia, que o impossibilitava de pensar antecipadamente até mesmo no dia de amanhã. Por isso, como me explicou mme. Landau, durante muito tempo Paul não teve mais do que uma noção imperfeita daquilo que ocorrera em S. entre 1935 e 1936, e não fez caso de mexer num passado repleto de pontos cegos. Somente durante a última década de sua vida, que ele passou em boa parte em Yverdon, a reconstrução desses acontecimentos se tornou importante, ou mesmo vital, para ele, disse mme. Landau. Embora estivesse perdendo a visão, ficava dias inteiros em arquivos, tomando notas infindáveis, por exemplo sobre as ocorrências em Gunzenhausen naquele já mencionado Domingo de Ramos de 1934, portanto anos antes da chamada "Noite dos Cristais", quando as janelas das casas de judeus tinham sido estilhaçadas e os próprios judeus, arrancados de seus esconderijos nos porões e arrastados pelas ruas. Não eram somente as ofensas grosseiras e os atos de violência daqueles incidentes de Gunzenhausen no Domingo de Ramos, não era somente o fim de Ahron Rosenfeld, morto a punhaladas aos setenta e cinco anos, e de Siegfried Rosenau, enforcado numa grade aos trinta, não era somente isso, disse mme. Landau, que deixava Paul estarrecido, mas também, quase na mesma medida, um artigo de jornal encontrado ao acaso no curso de suas investigações, que noticiava com certo prazer perverso que os colegiais de Gunzenhausen haviam tido na manhã seguinte um bazar grátis em toda a cidade, tomando provisões para várias semanas de fivelas de cabelo, cigarros de chocolate, lápis de cor, magnésia efervescente e muitas coisas mais das lojas em ruínas.

O que eu mais tinha dificuldade de compreender na história de Paul, depois de tudo isso, era o fato de que ele, no início de 1939 — ou porque sua condição de preceptor alemão na França em tempos cada vez mais difíceis não fosse mais sustentável, ou por fúria cega ou mesmo por perversão —, tivesse regressado à Alemanha, à capital do Reich, uma cidade que lhe era absolutamente estranha, onde arranjou um emprego de escritório numa oficina em Oranienburg e onde, passados alguns meses, recebeu uma convocação para as fileiras, enviada também, ao que tudo indica, aos que eram apenas três quartos arianos. Serviu, se assim se pode dizer, durante seis anos, na artilharia motorizada, estacionado nos mais diversos pontos da Grande Alemanha e nos inúmeros países ocupados, esteve na Polônia, na Bélgica, na

França, nos Bálcãs, na Rússia e no Mediterrâneo, e terá visto mais do que suporta um coração ou um olho. Os anos e as estações se alternavam, um outono na Valônia era seguido por um interminável inverno branco nas proximidades de Berditchev,

por uma primavera no departamento de Haute-Saône, por um verão na costa da Dalmácia ou na Romênia, mas sempre se estava, como Paul escreveu embaixo desta fotografia, a cerca

de dois mil quilômetros de distância, em linha reta — mas de onde? —, e dia após dia, hora após hora, com cada batimento do pulso, a pessoa perdia suas qualidades, ficava mais incompreensível, mais abstrata. O regresso de Paul à Alemanha em 1939, assim como seu regresso a S. ao final da guerra e a retomada do magistério no mesmo lugar onde o haviam jogado no olho da rua, foi uma aberração, disse mme. Landau. É claro que eu entendo, acrescentou, por que ele foi atraído de volta para a escola. Ele simplesmente nasceu para ensinar crianças — um autêntico Melammed, que podia começar do nada e sustentar a mais instigante das aulas, como você mesmo me descreveu. E além disso, como bom professor, ele terá acreditado que se podia simplesmente passar uma borracha nesses doze anos infelizes e virar a página para começar tudo do zero. Mas isso é no máximo metade da explicação. O que moveu Paul, ou mesmo o compeliu, a regressar em 1939 e em 1945 foi o fato de que ele era um alemão até o último fio de cabelo, ligado à sua terra natal no pé dos Alpes e a essa miserável S., que na verdade ele odiava e, lá no fundo, disso eu tenho certeza, disse mme. Landau, teria preferido ver destruída e arrasada, junto com seus habitantes, pelos quais sentia profunda aversão. Paul, disse mme. Landau, não conseguia suportar o novo apartamento para o qual havia sido mais ou menos forçado a se mudar pouco antes de se aposentar, quando a maravilhosa e antiga casa Lerchenmüller foi posta abaixo para dar lugar a um horroroso bloco de apartamentos, e ainda assim, notavelmente, nos últimos doze anos em que viveu aqui em Yverdon não se decidiu a abrir mão dele, muito pelo contrário, fazia viagens extras a S. várias vezes por ano, para ver, como dizia, se tudo estava em ordem. Sempre que voltava dessas expedições, que não costumavam levar mais do que dois dias, ficava em geral com um humor dos mais sombrios e, no seu cativante jeito infantil, se mostrava arrependido pelo fato de ter mais uma vez ignorado em detrimento próprio meu insistente conselho para que não fosse mais a S.

Aqui em Bonlieu, contou-me mme. Landau no curso de outra conversa, Paul dedicava bastante tempo à jardinagem, que ele gostava talvez mais do que tudo. Depois de voltar de Salins, quando tomamos a decisão de que, dali em diante, ele iria morar em Bonlieu, ele logo me perguntou se não podia se encarregar do jardim, que na época estava um tanto abandonado. E Paul conseguiu de fato transformar o jardim, de maneira espetacular, aliás. As árvores novas, as flores, as plantas e trepadeiras, os canteiros sombreados de heras, os rododendros, as roseiras, os arbustos e as ervas perenes — tudo crescia, em nenhum lugar havia um trecho nu. Toda tarde, se o tempo permitisse, disse mme. Landau, Paul se ocupava no jardim, e nos intervalos se sentava em algum lugar, apenas observando o verde que brotava ao seu redor. O médico que o operara da catarata lhe havia sugerido períodos de descanso em meio à folhagem em movimento para poupar e melhorar a vista. Durante as noites, é claro, disse mme. Landau, Paul não se atinha nem um pouco às determinações e aos preceitos médicos, ficando sempre de luz acesa até altas horas. Lia que lia — Altenberg, Trakl, Wittgenstein, Friedell, Hasenclever, Toller, Tucholsky, Klaus Mann, Ossietzky, Benjamin, Koestler e Zweig, em sua maioria, portanto, escritores que haviam cometido suicídio ou estiveram a ponto de fazê-lo. Seu caderno de notas, no qual copiava trechos das obras, dá uma ideia do enorme interesse que tinha sobretudo pela vida desses autores. Paul copiou centenas de páginas, a maior parte em estenografia Gabelsberger, porque de outro modo não teria sido capaz de escrever com tanta rapidez, e a cada passo surgem histórias de suicídio.

A impressão que me ficou, disse mme. Landau entregando-me
os cadernos de oleado pretos, é que Paul estava assim reunindo

um conjunto de provas cujo peso, à medida que avançava o processo, acabou por convencê-lo de que ele fazia parte dos exilados, e não da gente de S.

No início de 1982, o estado da vista de Paul começou a piorar. Daí a pouco, não enxergava mais que imagens fragmentadas ou estilhaçadas. Que uma segunda operação não fosse mais possível, isso Paul suportou com serenidade, disse mme. Landau, e em retrospecto sempre olhou com imensa gratidão os oito anos de luz que a operação em Berna lhe havia propiciado. Quando parava para pensar, assim lhe dissera Paul logo após tomar conhecimento do prognóstico extremamente desfavorável, que na infância já havia sido atormentado pelas chamadas moscas volantes e sempre temera que as pequenas manchas escuras e as figuras aperoladas que cruzavam seu campo de visão o levariam em breve à cegueira, então era realmente admirável que seus olhos lhe tivessem prestado um serviço tão bom durante tanto tempo. De fato, disse mme. Landau, naqueles dias Paul falava com grande equanimidade sobre o prospecto cinza-rato (como ele dizia) que agora se estendia à sua frente, e formulou a hipótese de que o novo mundo no qual estava prestes a ingressar seria mais limitado do que fora até então, mas se iludia com uma certa sensação de conforto. Foi então que propus a Paul, disse mme. Landau, ler em voz alta toda a obra de Pestalozzi, ao que ele respondeu que para tanto sacrificaria de boa vontade a visão e que eu deveria começar sem demora, de preferência, talvez, com *Crepúsculos de um eremita*. Foi num dia de outono, durante uma dessas horas de leitura, disse mme. Landau, que Paul, sem nenhum preâmbulo, me comunicou que iria se desfazer do apartamento em S., agora que não havia mais razão para mantê-lo. Pouco depois do Natal, fomos até S. com esse propósito. Como eu nunca tinha posto os pés na nova Alemanha, encarei a perspectiva dessa viagem com certo mal-estar. Não caíra nada de neve, não havia sinal de turismo de inverno em parte alguma, e quando descemos em S. tive a impressão de que havíamos chegado ao fim do mundo, e tive uma premonição tão sinistra que minha vontade foi dar meia-volta e partir na hora. O apartamento de Paul era frio e empoeirado e repleto de passado. Durante dois ou três dias remexemos a esmo nas coisas. No terceiro dia o tempo esquentou, como se soprasse o *Föhn*, algo absolutamente inusitado para aquela época do ano. As florestas de pinheiro eram pretas nas montanhas, as vidraças brilhavam feito chumbo, e o céu estava tão baixo e escuro que era como se uma tinta estivesse prestes a escorrer dele. Minhas têmporas doíam de forma tão atroz que tive de me deitar, e lembro perfeitamente que, quando a aspirina que Paul me trouxera começou aos poucos a fazer efeito, duas manchas estranhas e funestas passaram a se mover furtivamente atrás das minhas pálpebras. Só fui acordar ao entardecer, que nesse dia, porém, já havia começado às três. Paul tinha me coberto, mas ele próprio desaparecera do apartamento. De pé no átrio, hesitante, dei por falta da japona, da qual Paul dissera de passagem pela manhã que estava pendurada ali no armário havia quase quarenta anos. Nesse instante, soube que Paul saíra usando essa japona e que não o veria mais vivo. Eu estava assim de certo modo preparada quando a campainha tocou logo depois. Foi apenas a maneira como ele morreu, esse fim que me era inconcebível, que me desconcertou totalmente a princípio, mas, como logo percebi, tratava-se de algo absolutamente lógico. A estrada de ferro tinha um significado profundo para Paul. Talvez sempre lhe tenha parecido que ela conduzia à morte. Horários, guias ferroviários, a logística de todo o transporte sobre trilhos, tudo isso se tornara às vezes uma obsessão para ele, como logo ficava evidente pelo seu apartamento em S. O trenzinho de ferro Märklin montado sobre uma mesa de carteado no quarto vazio com face para o norte ainda hoje é algo que tenho presente diante dos olhos como a imagem e o símbolo da tragédia alemã de Paul. A essas palavras de mme. Landau, ocorreram-me as estações de trem, as linhas férreas, as guaritas de sinais, os armazéns e as sinalizações que Paul desenhara tantas vezes na lousa e que nós tínhamos de

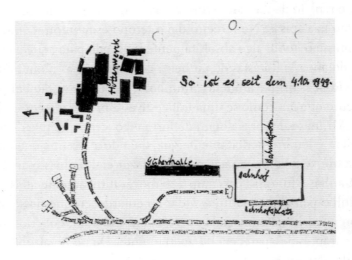

copiar em nossos cadernos com o máximo de precisão. É difícil, disse mme. Landau quando lhe contei dessas aulas de ferrovia, no fundo é difícil saber o que causa a morte de uma pessoa. Muito difícil, disse mme. Landau, realmente não se sabe. Durante todos esses anos que ele passou aqui em Yverdon, jamais tive ideia de que Paul encontrara seu destino já sistematicamente traçado para ele na estrada de ferro, por assim dizer. Só uma única vez, de forma oblíqua, ele chegou a falar de sua mania por ferrovias, mas antes como uma curiosidade que remonta a um passado remoto. Paul me contou então, disse mme. Landau, que quando criança estivera uma vez em Lindau nas férias de verão e todo dia observara das margens como os trens avançavam do continente para a ilha e da ilha para o continente. As nuvens brancas de vapor no ar azul, os passageiros que acenavam das janelas, o reflexo na água — esse espetáculo que se repetia a certos intervalos exercia tal fascínio sobre ele que, durante todas as férias, nunca aparecia na hora para o almoço, um lapso a que a tia retrucava abanando a cabeça de forma cada vez mais resignada, e o tio com o comentário de que um dia ele iria acabar nas estradas de ferro. Quando Paul me contou essa história de férias absolutamente inocente, disse mme. Landau, não fui capaz de lhe atribuir a importância que hoje parece ter, embora mesmo então algo naquela expressão final me soasse suspeito. Talvez porque eu não tenha compreendido logo a expressão *acabar nas estradas de ferro* no sentido corrente expresso pelo tio, seu efeito sobre mim foi o de uma sombria sentença oracular. A inquietação desencadeada pela minha momentânea incapacidade de compreensão — hoje sinto às vezes como se eu realmente tivesse visto então uma imagem da morte — não durou mais que um piscar de olhos e passou sobre mim como a sombra de um pássaro em voo.

AMBROS ADELWARTH

*My field of corn is
but a crop of tears*

Mal tenho uma recordação própria do meu tio-avô Adelwarth. Até onde posso afirmar com certeza, só o vi uma única vez, no verão de 1951, quando os americanos, tio Kasimir com Lina e Flossie, tia Fini com Theo e os pequenos gêmeos e tia Theres, que era solteira, vieram nos visitar em W. e ficaram durante várias semanas, em parte juntos, em parte uns após os outros. Certa vez durante esse período, os parentes afins de Kempten e Lechbruck — os emigrantes, como se sabe, tendem a procurar seus pares no estrangeiro — foram convidados a passar alguns dias em W., e foi na reunião familiar daí resultante, com suas quase sessenta pessoas, que vi meu tio-avô Adelwarth pela primeira e, imagino, última vez. A princípio, claro, na confusão geral que reinava em nosso apartamento no andar de cima da pensão Engelwirt e também em toda a aldeia, já que foi necessário encontrar alojamento em outros lugares, ele não me impressionou mais do que os outros parentes. Mas quando foi convidado, na condição de mais velho dos emigrantes e, por assim dizer, seu antepassado, a dirigir a palavra ao clã reunido naquela tarde de domingo nas longas mesas de café da sede da sociedade de caça, minha atenção se voltou naturalmente para ele no momento em que se levantou e bateu de leve em seu copo com uma colherzinha. Tio Adelwarth não era particularmente alto, mas tinha não obstante um ar distinto que confirmava e realçava o amor-próprio dos demais presentes, como ficou claro pelo murmúrio geral de aprovação, embora na verdade eles parecessem desclassificados em comparação com meu tio, como eu, aos sete anos, logo reconheci, em contraste com os adultos, sempre presos a seus preconceitos. Embora não lembre mais nada do conteúdo do discurso prandial proferido por tio Adelwarth, recordo-me de ter ficado profundamente impressionado pelo fato de que ele falava aparentemente sem esforço um alemão sem traços dialetais e empregava palavras e expressões cujo sentido eu podia no máximo conjeturar. A despeito dessa aparição memorável, tio Adelwarth desapareceu para sempre de minha vista quando partiu no dia seguinte com o carro do correio para Immenstadt e dali seguiu de trem para a Suíça. Nem sequer em meus pensamentos ele permaneceu presente. Da sua morte dois anos mais tarde, para não falar das circunstâncias que a cercaram, nada me chegou aos ouvidos durante toda a infância, provavelmente porque o fim repentino de tio Theo, que na mesma época foi fulminado por um infarto enquanto lia o jornal certa manhã, pusera tia Fini e os gêmeos numa situação extremamente delicada, diante do que o óbito de um velho parente que vivia sozinho mal deve ter despertado consideração. Além disso, tia Fini, que seria a pessoa mais indicada para dar informações sobre tio Adelwarth por causa da proximidade entre os dois, agora se achava obrigada, como escreveu, a trabalhar dia e noite para mal e mal sustentar a si própria e os gêmeos, razão pela qual, como é compreensível, foi a primeira a deixar de vir da América para os meses de verão. Kasimir também fazia visitas cada vez mais esporádicas, e apenas tia Theres ainda vinha com alguma regularidade, de um lado porque, sendo solteira, estava de longe na melhor posição para tanto, e de outro porque sofreu durante toda a vida uma saudade incurável de sua terra natal. Três semanas depois de chegar, a cada visita, ela ainda chorava de alegria pelo reencontro, e três semanas antes de partir já chorava de dor pela separação. Se ela ficasse conosco mais de seis semanas, havia um período de calma no meio, preenchido na maioria das vezes com trabalhos manuais; mas se ficasse menos tempo, havia horas em que realmente não era possível saber se ela se desfazia em lágrimas porque voltara enfim para casa ou porque já temia pela viagem de regresso. Sua última visita foi um verdadeiro desastre. Chorava em silêncio, no café da manhã e no jantar, ao passear pelos campos e ao comprar as estatuetas Hummel pelas quais era louca, ao fazer palavras cruzadas e ao olhar pela janela. Quando a acompanhamos até Munique, ela vertia lágrimas sentada entre nós, crianças, no banco traseiro do novo Opel Kapitän do motorista de táxi Schreck, enquanto lá fora as árvores da alameda passavam voando à luz da alvorada entre Kempten e Kaufbeuren e entre Kaufbeuren e Buchloe, e mais tarde, ao se dirigir com suas caixas de chapéu para o avião prateado no aeroporto de Riem, notei do terraço de observação que ela não parava de soluçar e era obrigada a enxugar os olhos com um lenço. Sem olhar para trás nem sequer uma vez, subiu os degraus e desapareceu pela abertura escura na barriga da aeronave — para sempre, se assim posso dizer. Durante certo tempo, ainda recebemos suas cartas semanais (elas começavam sempre com as palavras: Meus caros aí de casa! Como têm passado? Eu estou bem!), mas então a correspondência, que se mantivera infalível por quase trinta anos, interrompeu-se, como pude notar pela ausência das notas de dólar regularmente enviadas a mim, e no meio do Carnaval minha mãe teve de pôr um anúncio fúnebre na gazeta local, no qual se lia que nossa querida irmã, cunhada e tia passara desta para melhor em Nova York, após uma breve e grave enfermidade. Nessa ocasião, se assim podemos chamar, tornou-se a falar da morte muito prematura de tio Theo, mas não, como estou bem lembrado, de tio Adelwarth, que também falecera alguns anos antes.

As visitas de verão dos parentes americanos foram provavelmente o motivo inicial para eu imaginar que, uma vez adulto, também iria emigrar para a América. Mais importante, porém, do que esse vínculo de certo modo pessoal com o sonho americano era o outro tipo de vida cotidiana exibido pelas forças de ocupação estacionadas na cidade, cuja conduta moral, em termos gerais, era considerada pelos nativos indigna de uma nação vitoriosa, a julgar pelos seus comentários feitos meio à boca pequena, meio em alto e bom som. Cuidavam com desleixo das casas que haviam requisitado, não punham flores no parapeito e, em vez de cortinas, instalavam mosquiteiros nas janelas. As mulheres andavam de lá para cá de calça comprida e simplesmente jogavam na rua as bitucas de cigarro marcadas de batom, os homens punham os pés sobre a mesa, as crianças deixavam as bicicletas ao relento no jardim e, no tocante aos negros, ninguém afinal sabia o que esperar. Foram justamente esses comentários depreciativos que fortaleceram meu desejo de conhecer esse único país estrangeiro do qual eu tinha apenas uma vaga ideia. Quando a tarde caía, e sobretudo nas infindáveis aulas na escola, eu concebia em todas as cores e em todos os detalhes meu futuro americano. Essa fase da americanização imaginária da minha pessoa, durante a qual eu cruzava os Estados Unidos de norte a sul e de leste a oeste, ora a cavalo, ora num Oldsmobile marrom-escuro, atingiu seu ponto culminante entre os meus dezesseis e dezessete anos, quando procurei assimilar a postura física e intelectual de um herói de Hemingway, um projeto de simulação fadado ao fracasso por diversas razões que se podem facilmente imaginar. A partir daí, meus sonhos americanos foram aos poucos se dissipando e, depois de atingirem o grau mínimo, logo deram lugar a uma aversão a tudo que fosse americano, uma aversão que durante meus anos de estudante já se entranhara tão profundamente em mim que nada me teria parecido mais absurdo do que a ideia de que um dia eu poderia fazer uma viagem à América, a não ser sob coação. Ainda assim, acabei voando para Newark em 2 de janeiro de 1981. O ensejo para tal mudança de ideia foi um álbum de fotos de minha mãe que me caíra nas mãos alguns meses antes, contendo uma série de retratos que me eram totalmente desconhecidos de nossos parentes, emigrados durante a época de Weimar. Quanto mais eu estudava as fotografias, mais urgente era a necessidade que nascia em mim de saber mais sobre a vida das pessoas nelas retratadas. A fotografia seguinte, por exemplo, foi tirada em março de 1939 no Bronx. Lina está sentada à esquerda, ao lado de Kasimir. À direita está tia Theres. As outras pessoas no sofá eu não conheço, com exceção da criancinha de

óculos. É Flossie, que depois se tornou secretária em Tucson, Arizona, e com mais de cinquenta anos ainda aprendeu a dança do ventre. A pintura a óleo na parede representa nosso vilarejo natal de W. Até onde pude investigar, o quadro desapareceu nesse meio-tempo. Nem mesmo tio Kasimir, que o levou consigo para Nova York enrolado num cilindro de papelão como presente de despedida dos pais, sabe onde ele foi parar.

Naquele 2 de janeiro, portanto, um dia escuro e melancólico, saí do aeroporto de Newark e segui de carro para o sul pela New Jersey Turnpike, na direção de Lakehurst, onde tia Fini e tio Kasimir com Lina, depois de se mudarem do Bronx e de Mamaroneck em meados dos anos 70, haviam comprado cada qual um bangalô numa chamada *retirement community*, situada em meio a campos de mirtilo. Logo na saída do aeroporto, foi por um triz que não saí da estrada ao ver um Jumbo que se erguia pesadamente no ar acima de uma verdadeira montanha de lixo lá acumulada, como uma criatura pré-histórica. Arrastava atrás de si um véu de fumaça preta acinzentada, e por um instante me pareceu que tinha batido as asas. Depois avancei por uma região plana, onde, ao longo de toda a extensão da Garden State Parkway, não havia nada a não ser árvores mutiladas, campos cobertos de urze e casas de madeira abandonadas pelos seus moradores, parte delas vedada com tapumes, cercadas de choças e galinheiros em ruínas, nos quais, como tio Kasimir me explicou mais tarde, milhões de galinhas eram criadas até os anos do pós-guerra, botando quinquilhões de ovos para o mercado de Nova York, até que novos métodos de avicultura tornaram o negócio pouco rentável e os criadores e suas aves desapareceram. Logo após o cair da noite, tomando uma estrada vicinal que saía da Parkway e avançava vários quilômetros por uma espécie de charco, cheguei à colônia de idosos Cedar Glen West. Apesar da extensão imensa dessa comunidade e apesar do fato de que os condomínios de bangalôs, projetados cada qual para quatro pessoas, fossem praticamente indistinguíveis uns dos outros e que, além disso, em cada jardim da frente houvesse quase o mesmo Papai Noel iluminado por dentro, encontrei a casa de tia Fini sem dificuldades, porque em Cedar Glen West tudo era estritamente ordenado segundo os preceitos da geometria.

Tia Fini fizera *Maultaschen* para mim. Sentou-se à mesa e instava vez após vez que eu me servisse, mas ela própria não comeu nada, como velhas senhoras costumam fazer quando cozinham para parentes mais jovens que chegam de visita. Minha tia contou sobre o passado. Ao falar, mantinha o lado esquerdo do rosto, atormentado por uma forte nevralgia fazia semanas, coberto com a mão. De tempos em tempos, enxugava as lágrimas que, fosse pela dor, fosse pela lembrança, lhe vinham aos olhos. Contou-me a história da morte prematura de Theo e dos anos seguintes, nos quais teve de trabalhar muitas vezes dezesseis horas por dia ou mais, e relatou como tia Theres havia morrido e como, antes disso, andara de lá para cá durante meses como se fosse uma estrangeira. Às vezes, na luz do verão, ela parecia uma santa, com as luvas de sarja branca que tinha de usar fazia anos por causa de um eczema. Talvez, disse tia Fini, Theres tenha sido realmente uma santa. De todo modo, sofreu um bocado nessa vida. Já quando criança na escola, o catequista lhe disse que era uma choramingas, e pensando bem, disse tia Fini, Theres de fato não parava de chorar. Jamais a vira sem um lenço úmido na mão. E, como você sabe, dava de presente tudo o que ganhava ou o que lhe cabia como governanta da casa milionária dos Wallerstein. Tão certo quanto eu estou sentada aqui, disse tia Fini, Theres morreu pobre. Isso foi às vezes posto em dúvida por Kasimir e sobretudo por Lina, mas o fato é que ela não deixou nada além da sua coleção de quase cem peças de estatuetas Hummel, seu guarda-roupa, aliás esplêndido, e vastas quantidades de joias de vidro — o suficiente apenas, feitas as contas, para cobrir os custos do enterro.

Theres, Kasimir e eu, disse tia Fini enquanto folheávamos seu álbum de fotografias, emigramos de W. no final dos anos 20. Primeiro embarquei com Theres em Bremerhaven no dia 6 de setembro de 1927. Theres tinha vinte e três anos, eu vinte e um, e nós duas usávamos touca. Kasimir seguiu de Hamburgo, no verão de 1929, umas semanas antes da Sexta-Feira Negra, porque, como funileiro de formação, era tão incapaz de encontrar emprego quanto eu, como professora primária, ou Theres, que era costureira. Eu já havia colado grau pelo Instituto em Wettenhausen no ano anterior, e desde o outono de 1926 atuava como professora assistente sem vencimentos na escola primária de W. Esta aqui é uma fotografia daquela época, numa excursão que

fizemos a Falkenstein. Os alunos ficaram todos de pé na caçamba do caminhão, enquanto eu viajei sentada na cabine com o professor Fuchsluger, que foi um nacional-socialista de primeira hora, ao lado de Benedikt Tannheimer, proprietário do Adler e dono do caminhão. A criança lá atrás com o xisinho em cima da cabeça é sua mãe, Rosa. Eu me lembro, disse tia Fini, que alguns meses mais tarde, dois dias antes do meu embarque, fui a Klosterwald com ela e a deixei no internato. Na época, acho, não foi pouca a angústia que teve de suportar pelo fato de sua saída da casa dos pais ter coincidido de forma tão infeliz com a partida da irmã para o além-mar, pois no Natal ela escreveu uma carta para nós em Nova York, dizendo que sentia medo quando ficava acordada de noite no dormitório. Tentei consolá-la dizendo que ela ainda tinha Kasimir, mas então Kasimir também veio para a América, quando Rosa tinha apenas quinze anos. É sempre assim, disse tia Fini pensativa, um golpe em cima do outro, e continuou após alguns instantes: de todo modo, as coisas foram comparativamente mais fáceis para mim e para Theres quando chegamos a Nova York. Tio Adelwarth, um irmão de minha mãe que já tinha vindo para a América antes da Primeira Guerra Mundial e que desde então só havia trabalhado nas melhores casas, conseguiu arranjar emprego para nós na hora, graças a seus vários contatos. Virei governanta dos Seligman em Port Washington e Theres, criada pessoal de mrs. Wallerstein, cuja idade regulava com a dela e cujo marido, nascido na região de Ulm, havia feito uma considerável fortuna com diversas patentes de técnica cervejeira — uma fortuna que crescia constantemente com o passar dos anos.

Tio Adelwarth, de quem você provavelmente não se lembra mais, disse tia Fini como se agora começasse uma história totalmente diversa e bem mais significativa, foi um homem de rara distinção. Veio ao mundo em 1886, em Gopprechts, perto de Kempten, o caçula de oito crianças, o único menino. A mãe morreu, provavelmente de exaustão, quando tio Adelwarth, que recebeu o nome de Ambros, ainda não havia completado dois anos. Depois disso, a filha mais velha, Kreszenz, que na época não devia ter mais de dezessete anos, teve de dirigir a casa e fazer o papel de mãe o melhor que pôde, enquanto o pai, dono de pensão, ficava sentado com seus hóspedes, que era tudo o que sabia fazer. Como as outras irmãs, Ambros teve de dar uma mão a Zenzi bem cedo, e aos cinco anos já era enviado ao mercado semanal em Immenstadt junto com Minnie, que não era muito mais velha, para vender cogumelos e amoras alpinas colhidos no dia anterior. Pelo outono adentro, disse tia Fini, os dois filhos mais novos dos Adelwarth, como ela sabia de histórias contadas por Minnie, às vezes passavam semanas a fio sem fazer outra coi-

80

sa a não ser levar para casa cestos cheios de cinórrodos, talhá-los um por um, extrair as sementes peludas com a ponta de uma colher e, depois de deixá-los numa tina por alguns dias para absorverem umidade, passar pela prensa as cascas vermelhas do fruto. Se imaginarmos hoje as circunstâncias nas quais Ambros cresceu, disse tia Fini, chegamos à inevitável conclusão de que ele nunca teve uma infância propriamente dita. Com apenas treze anos, saiu de casa e foi para Lindau, onde trabalhou na cozinha do Bairischer Hof até juntar dinheiro suficiente para um bilhete de trem para a Suíça Romana, de cujas belezas ele ouvira falar certa vez com grande entusiasmo na pensão em Gopprechts, da boca de um relojoeiro viajante. Por quê, também não sei, disse tia Fini, mas na minha imaginação vejo sempre Ambros partir de Lindau no vapor e cruzar o lago Constança ao luar, embora na realidade isso dificilmente deva ter acontecido. Mas o certo é que, poucos dias depois de deixar em definitivo sua terra natal, Ambros, que então tinha no máximo catorze anos, já estava empregado como *apprenti garçon* no serviço de quarto do Grand Hôtel Eden, em Montreux, talvez graças a sua natureza extraor-

dinariamente cativante e ao mesmo tempo comedida. Ao menos acho que era o Eden, disse tia Fini, porque, num dos álbuns de cartão-postal deixados por tio Adelwarth, esse hotel mundialmente famoso aparece logo numa das primeiras páginas, com seus toldos baixados contra o sol do meio-dia. No curso do seu aprendizado em Montreux, continuou tia Fini depois de apanhar o álbum numa das gavetas do dormitório e abri-lo na minha frente, Ambros não apenas foi iniciado nos segredos da vida de hotel, mas também aprendeu francês à perfeição, ou, melhor dizendo, absorveu-o; é que ele possuía o dom de se apropriar de uma língua estrangeira no espaço de um ou dois anos, aparentemente sem esforço e sem nenhum material didático, apenas com certos ajustes, como ele me explicou certa vez, do seu eu interior. Além do seu inglês nova-iorquino bastante apurado, falava também um francês elegante e, o que sempre mais me admirou, um alemão extremamente escorreito, que com certeza não vinha da época de Gopprechts, e fora isso, lembrava-se ainda tia Fini, seu conhecimento de japonês não era nada mau, como descobri certa vez por acaso, quando fazíamos compras juntos na Saks e ele por assim dizer prestou socorro a um japonês que não sabia inglês e estava metido em algum contratempo.

Terminados seus anos de aprendizado na Suíça, Ambros foi para Londres, munido de excelentes cartas de recomendação e certificados, onde no outono de 1905 arrumou emprego no Savoy Hotel, na Strand, novamente como camareiro. Foi nessa temporada em Londres que ocorreu o misterioso episódio da dama de Xangai, da qual só sei que tinha uma predileção por luvas de pelica marrom, pois, embora tio Adelwarth fizesse mais tarde eventuais alusões às experiências que teve com essa dama (ela marcou o início da minha carreira no infortúnio, disse ele certa vez), nunca consegui descobrir a verdade dos fatos. Suponho que a dama de Xangai, que eu sempre associei, talvez de forma totalmente absurda, com Mata Hari, costumava se hospedar então no Savoy e que Ambros, na época com cerca de vinte anos, teve contato profissional com ela, se assim podemos dizer, o que aliás já havia sido o caso com o senhor da legação japonesa que ele acompanhou (em 1907, se não me engano) numa viagem de navio e de trem via Copenhague, Riga, São Petersburgo e Moscou, cruzando a Sibéria até o Japão, onde o conselheiro solteiro possuía uma casa maravilhosa num lago, nas proximidades de Kyoto. Ambros passou quase dois anos, meio como camareiro, meio como hóspede do conselheiro, nessa casa flutuante e praticamente vazia, e, pelo que sei, lá se sentiu muito melhor do que em qualquer outro lugar até então. Certa vez, em Mamaroneck, disse tia Fini, tio

Adelwarth passou uma tarde inteira me contando sobre sua temporada no Japão. Mas não me lembro mais exatamente o que ele mencionou. Algo sobre paredes de papel, eu acho, sobre a arte de

manejar o arco e um bocado sobre loureiros perenes, murtas e camélias selvagens. E me recordo ainda de uma velha canforeira, dentro da qual diziam caber quinze pessoas, e da história de uma decapitação e do canto do cuco japonês, disse tia Fini de olhos quase fechados, *hototogisu*, que ele sabia imitar tão bem.

No segundo dia de minha permanência em Cedar Glen West, fui ter com tio Kasimir depois do café da manhã. Eram por volta das dez e meia quando me sentei com ele à mesa da cozinha. Lina já estava ocupada junto ao fogão. Meu tio pegou dois copos e verteu o licor de genciana que eu trouxera. Naquela época, começou, quando após certo tempo consegui encaminhar a conversa para o tema da emigração, gente como nós não tinha nenhuma chance na Alemanha. Somente uma vez, ao término de meu aprendizado de funileiro em Altenstadt, arranjei um emprego, em 28, quando instalaram um novo telhado de cobre na sinagoga de Augsburg. O antigo telhado de cobre havia sido sacrificado pelos judeus de Augsburg como auxílio de guerra durante a Primeira Guerra Mundial, e só foi em 28 que angariaram a soma necessária para um novo telhado. Este aqui sou eu, disse tio Kasimir enquanto deslizava sobre a mesa uma fotografia emoldurada do tamanho de um cartão-postal que tirara da parede, na extremidade direita de quem olha.

Mas depois dessa encomenda não apareceu mais nada durante semanas, e um dos meus colegas de trabalho, Josef Wohlfahrt, ainda cheio de confiança enquanto estávamos lá em cima no telhado da sinagoga, mais tarde em desespero se enforcou. Fini, é claro, escreveu cartas entusiasmadas da sua nova pátria, portanto não admira que eu tenha afinal decidido me juntar às minhas irmãs na América. Da viagem de trem pela Alemanha não lembro nada, a não ser que tudo me parecia estranho e incompreensível — a região pela qual passamos, as estações e as cidades enormes, a Renânia e as extensas planícies mais ao norte —, talvez porque eu nunca fora além de Allgäu e de Lechfeld. Mas vejo com extrema exatidão a sala do Norddeutscher Lloyd em Bremerhaven, na qual os passageiros de menor poder aquisitivo aguardavam pelo embarque. Lembro particularmente bem os vários tipos de chapéu dos emigrantes, capuzes e gorros, chapéus de inverno e verão, xales e lenços, e no meio deles os quepes do pessoal da companhia de navegação e dos funcionários da alfândega, e os puídos chapéus-coco dos intermediários e agentes. Nas paredes havia grandes quadros a óleo dos vapores oceânicos da frota do Lloyd. Cada um desses vapores cruzava a toda a velocidade da esquerda para a direita, a proa içada bem alto sobre as ondas, o que transmitia a impressão de uma força cujo avanço era irresistível. Sobre a porta pela qual finalmente saímos havia um relógio redondo com números romanos, e sobre o relógio, em letra caprichada, o ditado *Mein Feld ist die Welt*. Tia Lina passava batatas cozidas por um espremedor sobre uma tábua de pastelaria polvilhada, tio Kasimir me ofereceu outra genciana e continuou a me contar sobre sua travessia em meio a tempestades de fevereiro. Era de dar medo, disse, como as ondas se levantavam do fundo e vinham rolando. Já de criança, quando jogava *curling* sobre a lagoa dos sapos congelada, eu ficava apavorado quando olhava e pensava de repente no escuro sob meus pés. E agora, só água preta ao redor, dia após dia, e o navio parecendo estar o tempo todo no mesmo lugar. A maioria dos meus companheiros de viagem estava mareada. Exaustos, ficavam deitados em seus beliches com olhar vidrado ou de olhos semiabertos. Outros ficavam agachados no chão, apoiados de pé durante horas numa parede ou cambaleavam como sonâmbulos pelos corredores. Eu também passei oito dias feito morto. Só fui me sentir melhor quando passamos pelo Narrows e entramos em Upper Bay. Estava sentado num banco do convés. O navio já seguia mais lento. Senti uma ligeira brisa na testa, e, à medida que nos aproximávamos da *waterfront*, Manhattan surgia cada vez mais alta à nossa frente da névoa agora penetrada pelo sol da manhã.

Minhas irmãs, que me esperavam no cais, não puderam na sequência me ajudar muito. Tio Adelwarth também não sabia onde me arranjar colocação, talvez porque eu não servisse para jardineiro, nem cozinheiro, nem criado. No segundo dia, aluguei no Lower East Side um quarto de fundos que dava para uma estreita claraboia, da sra. Risa Litwak, na Bayard Street. A sra. Litwak, cujo marido havia morrido no ano anterior, passava o dia inteiro cozinhando e limpando, e quando não cozinhava nem limpava fazia flores de papel ou costurava noites inteiras, para seus filhos ou para outras pessoas ou como costureira para alguma empresa, não sei. Às vezes tocava numa pianola músicas muito bonitas que me pareciam familiares de algum lugar. Até a Primeira Guerra Mundial, a Bowery e todo o Lower East Side foram bairros sobretudo de imigrantes. Mais de cem mil judeus chegavam ali todos os anos e se mudavam para apartamentos apertados e sem luz em casas de cômodos de cinco a seis andares. Nesses apartamentos, só o chamado *parlour* tinha duas janelas que davam para a rua, e numa delas corria a escada de incêndio. No outono, os judeus construíam seus tabernáculos nos patamares das escadas de incêndio, e no verão, quando o calor costumava pairar imóvel nas ruas durante semanas a fio e a vida ficava insuportável do lado de dentro, centenas e milhares de pessoas dormiam lá fora, nas alturas aéreas, e dormiam também nos telhados e nas *sidewalks* e nos pequenos cercados de grama na Delancey Street e no Seward Park. Todo o Lower East Side era um *huge dormitory*. Mas, ainda assim, os imigrantes estavam cheios de esperança naqueles dias, e eu mesmo não estava de modo algum desanimado quando comecei a procurar emprego no final de fevereiro de 28. E, de fato, menos de uma semana depois, já tinha meu posto num banco de funileiro, na fábrica de soda e *seltzer* Seckler & Margarethen, perto da rampa de acesso à ponte do Brooklyn.

Lá fiz caldeiras e tonéis de aço inoxidável, de diversos tamanhos, e o velho Seckler, um judeu de Brünn (nunca consegui saber quem era Margarethen), vendia a maioria das peças como *catering equipment* a destilarias clandestinas, às quais interessava menos o preço exigido do que fazer negócio com a máxima discrição. Seckler, que por algum motivo gostava de mim, qualificava a venda desses utensílios de aço e dos demais apetrechos vitais para as destilarias como uma ocupação secundária que, a seu ver, se desenvolvera por si própria e com certeza sem sua ingerência, ao lado do negócio principal da fábrica de soda e *seltzer*, e que portanto ele simplesmente não tinha ânimo de podá-la sem mais nem menos. Seckler sempre elogiou meu trabalho, mas pagava pouco e a contragosto. Comigo, dizia, pelo menos é um começo para você. E então um dia, isso foi algumas semanas depois da Páscoa, ele me chamou ao seu escritório, reclinou-se na cadeira e disse: Você tem estômago para altura? Se tem, pode ir para a nova yeshivá, onde precisam de funileiros como você. Logo me deu também o endereço — 500 West 187th Street *corner* Amsterdam Avenue —, e no dia seguinte eu já estava no topo da torre, como antes na sinagoga de Augsburg, só que muito mais alto, ajudando a rebitar chapas de cobre de quase seis metros de largura na cúpula que coroava o edifício, que parecia meio uma estação de trem, meio um palácio oriental. Depois disso, trabalhei ainda um bocado nos topos dos arranha-céus, que continuaram construindo em Nova York até o início dos anos 30, apesar da Depressão. Pus a carapuça de cobre no General Electric Building, e de 29 a 30 passamos um ano ocupados com trabalhos de chapas de aço no topo do Chrysler Building, que eram incrivelmente difíceis por causa das curvaturas e inclinações. Claro que, pelas minhas acrobacias a duzentos ou trezentos metros do chão, eu ganhei muito bem, mas o dinheiro, do mesmo jeito que veio, se foi. E então quebrei o pulso patinando no Central Park e fiquei desempregado até 34, e então nos mudamos para o Bronx, e a vida nos ares chegou ao fim.

Depois do almoço, tio Kasimir ficou visivelmente inquieto e andava de lá para cá, até que disse por fim: *I have got to get out of the house!*, ao que tia Lina, que estava lavando a louça, respondeu: *What a day to go for a drive!* De fato, era possível pensar que a noite caía lá fora, tão baixo e retinto era o céu. As ruas estavam desertas. Só raramente cruzávamos com outro veículo. Levamos quase uma hora para percorrer os cerca de trinta quilômetros até o Atlântico, porque tio Kasimir dirigia mais devagar do que qualquer pessoa que eu tenha visto dirigindo num trecho livre. Sentava-se debruçado ao volante, guiava com a mão esquerda e contava histórias do auge da *prohibition*. Só de vez em quando se certificava com uma olhadela para a frente de que ainda nos encontrávamos na pista correta. Os italianos fizeram a maior parte do serviço, disse. Ao longo de toda a costa, *in places like* Leonardo, Atlantic Highlands, Little Silver, Ocean Grove, Neptune City, Belmar *and* Lake Como, construíram palácios de verão para suas famílias e vilas para suas mulheres e quase sempre também uma igreja e uma casinha para um capelão. Meu tio reduziu ainda mais a velocidade e abaixou seu vidro. *This is Toms River*, disse, *there's no one here in the winter*. No porto, barcos à vela se espremiam como um rebanho assustado, amarras rangendo. Sobre um *coffee shop* na forma de uma casinha de pão de mel havia duas gaivotas empoleiradas. A Buyright Store, o Pizza Parlour e o Hamburger Haven estavam fechados, e as casas particulares também estavam trancadas e com as janelas baixadas. O vento soprava areia sobre a rua e sob as *sidewalks* de madeira. As dunas, disse meu tio, estão conquistando a cidade. Se as pessoas não continuassem vindo no verão, tudo aquilo ali seria soterrado em alguns anos. De Toms River, a estrada descia a Barnegat Bay via Pelican Island até a língua de terra que se estende ao longo da costa da Nova Jersey por oitenta quilômetros, mas nunca tem mais de um quilômetro e meio de largura. Estacionamos o carro e caminhamos pela praia, o cortante vento nordeste nas costas. Infelizmente não sei muito sobre Ambros Adelwarth, disse tio Kasimir. Quando cheguei a Nova York, ele já tinha mais de quarenta anos, e nos primeiros tempos, e depois também, mal chegava a vê-lo mais de uma ou duas vezes por ano. Quanto ao seu passado lendário, é claro que corriam certos boatos, mas tudo o que sei com certeza é que Ambros foi mordomo dos Solomon, que tinham uma grande propriedade em Rocky Point, na ponta extrema de Long Island, cercada de água por três lados, e que, com os Seligmann, os Loeb, os Kuhn, os Speyer e os Wormser, eram uma das famílias de banqueiros judeus mais ricas de Nova York.

Antes de Ambros virar mordomo dos Solomon, foi camareiro e companheiro de viagem de Cosmo, o filho de Solomon, que era alguns anos mais novo e que ficou famoso na sociedade de Nova York por sua extravagância e suas constantes travessuras. Certa vez, por exemplo, dizem que tentou subir a cavalo as escadas no saguão do hotel The Breakers, em Palm Beach. Mas só sei de ouvido histórias como essa. Fini, que no final virou uma espécie de confidente de Ambros, às vezes insinuava ter havido algo de trágico na relação entre Ambros e o filho de Solomon. E até onde sei, o jovem Solomon de fato foi consumido por alguma doença mental em meados dos anos 20. Quanto a tio Adelwarth, só sei dizer que sempre tive pena dele, porque durante toda a sua vida nunca permitiu que nada o fizesse perder a compostura. Claro, como todos podiam ver facilmente, ele jogava no outro time, disse tio Kasimir, ainda que a família ignorasse ou fizesse vista grossa, e talvez parte dela nunca tivesse realmente percebido. Quanto mais velho ficava tio Adelwarth, mais vazio me parecia, e quando o vi pela última vez, na casa em Mamaroneck que os Solomon lhe deixaram, decorada de forma tão elegante, foi como se apenas suas roupas o mantivessem de pé. Como eu disse, Fini cuidou dele no final. Dela você pode ficar sabendo melhor como ele era. Tio Kasimir parou e ficou olhando o mar. Essa é a margem da escuridão, disse. E de fato parecia que o continente submergira atrás de nós e que não havia nada mais acima do deserto de água a não ser essa estreita faixa de areia que subia para o norte e descia para o sul. *I often come out here,* disse tio Kasimir, *it makes me feel that I am a long way away, though I never quite know from where.* Então sacou uma câmera do seu sobretudo xadrez e tirou esta foto, da qual me enviou uma cópia

dois anos mais tarde, quando talvez finalmente terminou o filme, junto com seu relógio de pulso dourado.

Tia Fini estava sentada em sua poltrona na escura sala de estar quando fui ter novamente com ela à noite. Somente o reflexo da iluminação da rua incidia em seu rosto. Meu reumatismo diminuiu, disse, as dores quase passaram. Primeiro pensei que eu só estava imaginando a melhora, tão devagar ela se irradiava. E, quando de fato eu já mal sentia as dores, pensei: se você se mexer agora, vai começar de novo. Por isso fiquei só sentada. Estou sentada aqui a tarde inteira. Não sei se dei uma ou outra cochilada. Acho que estive perdida em pensamentos a maior parte do tempo. Minha tia acendeu a pequena lâmpada de leitura, mas continuou de olhos fechados. Fui até a cozinha, preparei-lhe dois ovos quentes, torradas e um chá de menta. Ao voltar com a bandeja, tornei a dirigir a conversa para tio Adelwarth. Cerca de dois anos após sua chegada à América, disse tia Fini enquanto molhava um pedacinho de torrada no ovo, Ambros foi trabalhar para os Solomon em Long Island. O que foi feito do conselheiro da legação japonesa, não sei mais dizer. Seja como for, o tio rapidamente fez carreira na casa dos Solomon. Num intervalo de tempo admiravelmente curto, o velho Samuel Solomon, muito impressionado com a infalível firmeza de Ambros em todas as coisas, ofereceu-lhe a posição de criado pessoal e tutor do seu filho, que ele acreditava, não sem razão, sujeito a grandes perigos. Não há dúvida de que Cosmo Solomon, que eu não cheguei a conhecer, tinha um pendor para a excentricidade. Altamente talentoso e aluno promissor de engenharia, largou os estudos para construir máquinas voadoras num velho galpão de fábrica em Hackensack. Na mesma época, claro, passou muito tempo em lugares como Saratoga Springs e Palm Beach, de um lado porque era um excelente jogador de polo, e de outro porque podia dissipar grandes somas de dinheiro em hotéis de luxo como o Breakers, o Poinciana ou o American Adelphi, no que na época punha claramente todo o seu empenho, como tio Adelwarth me contou certa vez. Quando então o velho Solomon, preocupado com a vida desregrada e, a seu ver, sem futuro do filho, tentou restringir o dinheiro que lhe punha à disposição, antes praticamente ilimitado, Cosmo teve a ideia de abrir uma fonte de renda por assim dizer inesgotável, tentando a sorte nos cassinos europeus durante os meses de verão. Em junho de 1911, com Ambros como amigo e guia, esteve pela primeira vez na Europa e ganhou somas consideráveis em Evian, no lago Genebra, e depois em Monte Carlo, na Salle Schmidt.

Tio Adelwarth me contou certa vez que Cosmo sempre ficava num estado ausente quando jogava roleta, o que ele, Ambros, tomou primeiro como concentração em algum cálculo de probabilidade, até que Cosmo lhe disse que tentava de fato, numa espécie de transe, reconhecer o número certo que aparecia somente por uma fração de segundo em meio a névoas em geral impenetráveis, para então, sem a menor hesitação, de certo modo ainda em sonho, apostar nele *en plein* ou *à cheval*. A tarefa de Ambros, durante essas perigosas ausências da vida normal, como dizia Cosmo, era velar por ele como por uma criança adormecida. Claro que não sei o que na verdade se passava, disse tia Fini, mas o certo é que os dois, em Evian e Monte Carlo, obtiveram ganhos de tal monta que Cosmo foi capaz de comprar do industrial francês Deutsch de la Meurthe um avião com o qual participou da Quinzaine d'Aviation de la Baie de Seine naquele agosto em Deauville e executou os *loops* de longe mais arrojados. Cosmo esteve em Deauville com Ambros também nos verões de 1912 e 1913, e logo empolgou a fantasia da alta sociedade não só pela sua espantosa sorte na roleta e sua audácia acrobática no campo de polo, mas antes de tudo, tenho certeza, pelo fato de que recusava todo convite para chás, jantares e coisas do tipo, e nunca saía ou comia com ninguém mais a não ser com Ambros, a quem sempre tratava como um igual. Aliás, no álbum de cartões-postais de tio Adelwarth, disse tia Fini, há uma foto que mostra Cosmo com um troféu entregue por uma dama aristocrata — se não me engano, a condessa de Fitz-James — após um jogo realizado no Hipódromo Clairefontaine, provavelmente para fins beneficentes. É a única fotografia de Cosmo Solomon que possuo, como aliás há também relativamente poucas fotografias de Ambros, decerto porque, tal como Cosmo, ele era

muito tímido, apesar de seu convívio com o mundo. No verão de 1913, prosseguiu tia Fini, foi inaugurado um novo cassino em Deauville, e nesse cassino irrompeu logo nas primeiras semanas uma tal paixão frenética por apostas que todas as mesas de roleta e bacará, e também as dos chamados *petits chevaux*, eram constantemente ocupadas e assediadas por gente com vontade de jogar. Uma famosa *joueuse* chamada Marthe Hanau supostamente tramou a histeria geral. Lembro claramente, disse tia Fini, que tio Adelwarth a definiu certa vez como uma notória *filibustière* que, depois de ter sido durante anos uma pedra no sapato da administração do cassino, agora seduzia os jogadores para saírem de seu retraimento a mando e no interesse dos proprietários. À parte as maquinações de Marthe Hanau, a atmosfera superexcitada e totalmente alterada pelo luxo ostensivo do novo cassino foi a responsável, na visão de tio Adelwarth, pelo aumento inaudito das receitas do Banco de Deauville que se deu subitamente no verão de 1913. Quanto a Cosmo, naquele verão de 1913 ele se manteve ainda mais arredio do que nos anos anteriores à agitação social que aumentava cada vez mais, e se limitava a jogar tarde da noite no santuário sagrado, na Salle de la Cuvette. Apenas senhores de smoking eram admitidos no *privé*, onde sempre reinava uma atmosfera, na expressão de tio Adelwarth, das mais funestas — não admira, disse tia Fini, quando se considera que fortunas inteiras, bens de família, imóveis e obras de uma vida eram não poucas vezes desbaratados ali no intervalo de algumas horas. No início da estação, a sorte de Cosmo era instável, mas lá pelo final ela ultrapassava até suas próprias expectativas. De olhos semicerrados, apostava uma vez após outra na casa correta e só fazia uma pausa quando Ambros lhe trazia do bar um *consommé* ou um *café au lait*. Duas noites seguidas, assim me contou tio Adelwarth, disse tia Fini, emissários da banca que Cosmo limpara tiveram de buscar mais dinheiro, e na terceira noite, quando tornou a quebrar a banca, Cosmo teve um ganho tão grande que Ambros esteve ocupado até a alvorada contando e arrumando o dinheiro num baú de viagem — *steamer trunk*, disse tia Fini. Depois de passar o verão em Deauville, Cosmo e Ambros viajaram a Constantinopla e Jerusalém via Paris e Veneza. Não posso lhe dar nenhuma informação sobre essa viagem, disse tia Fini, porque tio Adelwarth jamais respondia a perguntas a respeito. Mas existe um retrato dele com trajes árabes, da época em que esteve em Jerusalém. Além disso, disse tia Fini, guardo uma espé-

cie de diário que Ambros mantinha na época, escrito numa letra minúscula. Tinha esquecido dele faz um bom tempo, e, por estranho que pareça, só recentemente me ocupei em decifrá-lo, mas por causa da minha vista fraca não consegui depreender muito mais que umas poucas palavras. Talvez você devesse tentar.

Com longas pausas, durante as quais ela me parecia muitas vezes distante e perdida, tia Fini me contou, em meu último dia em Cedar Glen West, sobre o fim de Cosmo Solomon e os últimos anos de meu tio-avô Ambros Adelwarth. Logo depois que os dois peregrinos, na expressão de tia Fini, voltaram da Terra Santa, a guerra eclodiu na Europa, e, quanto mais ela se alastrava e mais ficávamos sabendo do alcance da devastação, menos Cosmo era capaz de se acomodar à vida americana, que seguia praticamente a mesma. Para seu antigo círculo de amizades ele se tornou um estranho, seu apartamento em Nova York ficou às moscas, e mesmo em Long Island não demorou que ele se retirasse por completo para seus aposentos, e finalmente para um pavilhão isolado do jardim, conhecido como vila de verão. De um dos velhos jardineiros de Solomon, disse tia Fini, ela ficou sabendo que era comum naquela época Cosmo passar dias inteiros imerso em profunda melancolia, enquanto de noite andava de lá para cá na vila de verão sem aquecimento, gemendo baixinho. Em sua alucinada agitação, dizem que às vezes desfiava palavras que tinham alguma relação com as batalhas, e ao pronunciar essas palavras de guerra parece que batia repetidamente na testa com a mão, como se estivesse irritado com a própria falta de compreensão ou tentasse aprender de cor o que estava dizendo. Ficava com frequência tão fora de si que não reconhecia nem o próprio Ambros. E, no entanto, afirmava que via claramente em sua cabeça o que se passava na Europa, o fogo, a morte, os corpos apodrecendo ao sol nos campos abertos. Chegou ao ponto de descer bordoadas nos ratos que via correndo pelas trincheiras. Com o fim da guerra, o estado de Cosmo melhorou temporaria-

98

mente. Ele começou de novo a projetar máquinas voadoras, fez esboços para uma casa em forma de torre na costa do Maine, voltou a tocar violoncelo, estudou cartas náuticas e geográficas e discutiu com Ambros vários planos de viagem, dos quais, até onde sei, apenas um foi concretizado, no início do verão de 1923, quando os dois estiveram em Heliópolis. Restaram algumas fotos dessa viagem ao Egito, entre elas a de um *kafeneion* em Alexandria com o nome de Paradeissos, a do cassino San Stefano em Ramleh e a do cassino de Heliópolis. Do que fiquei sabendo

por tio Adelwarth dessa temporada no Egito, ao que parece bastante curta, disse tia Fini, ela foi uma tentativa de reconquistar o passado, uma tentativa que se pode dizer frustrada em todos os sentidos. A irrupção da segunda grave crise de nervos de Cosmo parece estar ligada a um filme alemão sobre um jogador que esteve em cartaz em Nova York na época e que Cosmo dizia ser um labirinto destinado a aprisioná-lo e levá-lo à loucura com seus espelhos distorcidos. O que o inquietou foi sobretudo um episódio lá pelo final do filme, no qual um ator e hipnotizador maneta chamado Sandor Weltmann induz uma espécie de alucinação coletiva em seu auditório. Do fundo do palco, como Cosmo não se cansava de descrever a Ambros, surgia a miragem de um oásis. Uma caravana, vinda de um bosque de palmeiras, emergia sobre o palco e de lá descia à plateia, passando pelo meio dos espectadores, que giravam o pescoço cheios de espanto, e desaparecia de forma tão misteriosa quanto havia aparecido. O terrível, insistia Cosmo, era que ele deixara a sala com essa caravana e agora não sabia mais dizer onde se encontrava. Dias mais tarde, prosseguiu tia Fini, Cosmo realmente desapareceu. Não sei onde procuraram por ele, nem por quanto tempo, só sei que Ambros finalmente o encontrou dois ou três dias depois, no andar de cima da casa, num dos quartos de criança que estavam trancados fazia anos. Estava sentado num banquinho, os braços pendentes e imóveis, fitando o mar, onde vez por outra, bem devagar, passavam os vapores rumo a Boston e Halifax. Quando Ambros lhe perguntou por que motivo subira até ali, Cosmo disse que queria ver como estava o irmão. Mas tal irmão, segundo tio Adelwarth, nunca existiu. Logo em seguida, após uma certa melhora do quadro, Ambros viajou com Cosmo, sob recomendação médica, para Banff, nas montanhas canadenses, a fim de mudar de ares.

Passaram o verão inteiro no famoso Banff Springs Hotel, Cosmo como uma criança bem-comportada, mas sem interesse em nada, Ambros assoberbado com seu serviço e os cuidados necessários. Em meados de outubro começou a nevar. Cosmo passava horas a fio olhando pela janela da torre para as enormes florestas de pinheiro espalhadas ao redor e para a neve que caía vacilante das alturas impenetráveis. Segurava seu lenço enrolado no punho e o mordia repetidamente, em desespero. Quando escurecia lá fora, deitava no chão, encolhia as pernas até o peito e escondia o rosto com as mãos. Foi nesse estado que Ambros teve de levá-lo para casa e, uma semana mais tarde, entregá-lo ao sanatório Samaria, em Ithaca, Nova York, onde ainda naquele mesmo ano, mudo e imóvel como estava, ele expirou.

Esses fatos ocorreram mais de meio século atrás, disse tia Fini. Na época, eu estava no Instituto em Wettenhausen e não sabia nada de Cosmo Solomon nem fazia a menor ideia do paradeiro do irmão de nossa mãe que emigrara de Gopprechts. Mesmo depois que cheguei a Nova York, levou um bom tempo para que eu soubesse da história pregressa de tio Adelwarth, embora sempre estivesse em contato com ele. Depois da morte de Cosmo, ele virou mordomo da casa em Rocky Point. Entre 1930 e 1950, eu pegava o carro com regularidade e ia até Long Island, sozinha ou com Theo, para dar uma mão nos grandes eventos, ou apenas para uma visita. Tio Adelwarth tinha então mais de meia dúzia de criados sob suas ordens, sem contar os jardineiros e os motoristas. Vivia absolutamente imerso no trabalho. Em retrospecto, pode-se dizer que não existia mais como individualidade, que agora se resumia ao puro decoro. Era impossível imaginá-lo em mangas de camisa ou de meias, sem suas meia-botas indefectivelmente lustrosas de graxa, e sempre foi um mistério para mim quando — ou se — ele dormia ou mesmo descansava um pouco. Naquele tempo, ele não tinha disposição nenhuma de falar do passado. O importante para ele era exclusivamente que as horas e os dias no grande lar dos Solomon transcorressem sem transtorno e que os interesses e hábitos do velho Solomon não entrassem em conflito com os da segunda mrs. Solomon. A partir dos seus trinta e cinco anos, disse tia Fini, isso se tornou uma tarefa particularmente difícil para tio Adelwarth, já que o velho Solomon lhe anunciou certo dia, sem maiores preâmbulos, que dali em diante não participaria mais de nenhum jantar ou qualquer outro tipo de reunião, que não queria ter mais nenhum contato com o mundo externo, mas só se dedicar ao cultivo de suas orquídeas, ao passo que a segunda mrs. Solomon, que era uns bons vinte anos mais nova que ele, disse tia Fini, continuava a dar como antes suas *weekend parties*, famosas muito além de Nova York, para as quais os convidados chegavam em geral na sexta-feira à tarde. De um lado, portanto, tio Adelwarth tinha de se ocupar cada vez mais com o velho Solomon, que praticamente vivia em suas estufas, e, de outro, estava totalmente empenhado em evitar, com medidas preventivas, o pendor natural da segunda mrs. Solomon para certas inconveniências. Com o tempo, essa dupla tarefa provavelmente exigiu mais dele do que era capaz de admitir, sobretudo nos anos de guerra, quando o velho Solomon, escandalizado com as notícias que lhe chegavam aos ouvidos apesar da sua reclusão, passava a maior parte do tempo sentado, envolto num cobertor xadrez numa estufa superaquecida em meio às raízes aéreas de suas plantas sul-americanas, e não falava mais do que o absolutamente essencial, enquanto Margo Solomon não abria mão de recepcionar. Mas quando o velho Solomon morreu em sua cadeira de rodas no início de 1947, disse tia Fini, estranhamente isso teve por resultado que Margo, que durante dez anos não ligara a mínima para o marido, agora por sua vez mal se deixava convencer a sair do seu quarto. Quase toda a criadagem foi dispensada, e a principal tarefa de tio Adelwarth era agora tomar conta da casa quase vazia, em grande parte coberta com lençóis brancos. Foi nessa época que tio Adelwarth começou a me contar esse ou aquele incidente da sua vida pregressa. Como mesmo as menores reminiscências, que ele resgatava com muito vagar de profundezas obviamente insondáveis, eram de uma precisão espantosa, ao escutá-lo cheguei aos poucos à convicção de que tio Adelwarth possuía uma memória infalível, mas lhe faltava quase por completo a capacidade de recordação que o pusesse em contato com essa memória. Por isso, contar histórias era para ele tanto uma tortura quanto uma tentativa de libertação, uma espécie de resgate e ao mesmo tempo uma forma inclemente de autoimolação. Como para desviar o curso de suas últimas palavras, tia Fini pegou um dos álbuns da mesinha ao lado. Este aqui, disse enquanto me entregava o álbum aberto, é tio Adelwarth como era na época. À esquerda, como você pode ver, esta-

mos eu e Theo, e à direita, sentada ao lado do tio, está a irmã dele, Balbina, justamente em sua primeira visita à América. Aqui está a data: maio de 1950. Alguns meses depois que essa foto foi tirada, Margo Solomon morreu, vítima de complicações da doença de Banti. Rocky Point coube a um grupo de herdeiros e foi arrematada, junto com todos os móveis e utensílios, num leilão que durou vários dias. Tio Adelwarth, duramente abalado com essa dissolução, mudou-se poucas semanas mais tarde para a casa em Mamaroneck que o velho Solomon lhe transferira ainda em vida e cuja sala de estar, disse tia Fini, é retratada numa das páginas seguintes. A casa toda estava sempre assim, arrumada nos

mínimos detalhes como nesta fotografia. Muitas vezes eu tinha a impressão de que tio Adelwarth aguardava a chegada de um hóspede a qualquer momento. Mas nunca aparecia ninguém, disse tia Fini. Por isso eu ia pelo menos duas vezes por semana a Mamaroneck. Nessas visitas, em geral me sentava na poltrona azul, e o tio sentava à escrivaninha, sempre um tanto inclinado, como se fizesse menção de escrever ainda isso ou aquilo. E desse posto é que contava muitas histórias esquisitas, das quais esqueci quase todas. Às vezes me parecia que o relato das suas experiências, por exemplo das decapitações de que fora testemunha no Japão, era tão improvável que eu imaginava que ele estivesse sofrendo da síndrome de Korsakov, na qual, como você talvez saiba, disse tia Fini, a perda de memória é compensada com invenções da fantasia. Seja como for, quanto mais tio Adelwarth contava histórias, mais desolado ficava. Depois do Natal de 52, caiu numa depressão tão profunda que, embora sentisse claramente grande necessidade de dar sequência à sua narrativa, não conseguia proferir mais nada, nenhuma frase, nenhuma palavra, mal e mal um som. Um pouco curvado de lado, ficava sentado à sua escrivaninha, uma mão pousada na almofada do tampo, a outra no colo, e mantinha a vista fixa, baixada ao chão. Se eu lhe falasse de assuntos de família, de Theo, dos gêmeos ou do novo Oldsmobile com pneus faixa branca, nunca sabia dizer se ele me escutava ou não. Quando tentava convencê-lo a sair até o jardim, não reagia, e recusava-se também a consultar um médico. Certa manhã, quando cheguei a Mamaroneck, tio Adelwarth havia desaparecido. No espelho do armário do corredor estava fixado um dos seus cartões de visita com uma mensagem

Have gone to Ithaca.

Ambrose Adelwarth
123 Lebanon Drive
Mamaroneck
New York

yours ever - Ambros.

para mim, que desde então carrego comigo. *Have gone to Ithaca. Yours ever — Ambrose.* Levou algum tempo até eu compreender o que ele quis dizer com Ithaca. Obviamente, disse tia Fini, peguei o carro e fui a Ithaca sempre que pude nas semanas e nos meses seguintes. Ithaca, aliás, fica numa região maravilhosa. Em todo o entorno há florestas e desfiladeiros pelos quais a água desce em torrente até o lago. A clínica, dirigida por um certo professor Fahnstock, ficava num terreno que parecia um parque. Ainda me lembro como se fosse hoje, disse tia Fini, tio Adelwarth e eu diante da sua janela num dia de veranico claro como cristal, o ar vindo de fora e nós olhando por sobre árvores que mal se mexiam, na direção de um campo que me lembrava do charco de Altach, quando lá apareceu um homem de meia-idade que segurava uma rede branca na ponta de uma vara à sua frente e dava de vez em quando saltos curiosos. Tio Adelwarth olhava fixo para a frente, mas ainda assim registrou meu espanto e disse: *It's the butterfly man, you know. He comes round here quite often.* Imaginei ouvir um tom de gracejo nessas palavras, e assim as tomei como um sinal da melhora motivada, na opinião do professor Fahnstock, pela terapia de eletrochoque. Com o passar do outono, porém, ficou cada vez mais patente como já eram graves os danos causados ao espírito e ao corpo de meu tio. Emagrecia mais e mais, as mãos antes tão calmas tremiam, o rosto ficara assimétrico, e o olho esquerdo se movia errante. Visitei tio Adelwarth pela última vez em novembro. Ao chegar a hora de eu ir embora, ele insistiu em me acompanhar até a porta. E para tanto vestiu a muito custo seu paletó com colarinho de veludo preto e assentou na cabeça seu chapéu Homburg. *I still see him standing there in the driveway,* disse tia Fini, *in that heavy overcoat looking very frail and unsteady.*

Era uma manhã gelada e sem luz quando deixei Cedar Glen West. Exatamente como ela me havia descrito tio Adelwarth no dia anterior, agora a própria tia Fini estava parada na calçada diante do seu bangalô, com um casaco preto de inverno muito pesado para ela, e me acenava com um lenço. Ao acelerar, pude vê-la pelo retrovisor, envolta em nuvens de escape brancas, ficando cada vez menor; e, quando me lembro dessa imagem no retrovisor, penso como é estranho que ninguém desde então tenha me acenado adeus com um lenço. Nos poucos dias que ainda me restavam em Nova York, comecei minhas anotações sobre a inconsolável tia Theres e sobre tio Kasimir no telhado da sinagoga de Augsburg. Mas me ocupei sobretudo com Ambros Adelwarth e com a questão de saber se eu não devia visitar o sanatório em Ithaca no qual ele dera entrada por decisão própria aos sessenta e sete anos e onde em seguida falecera. Na época, é claro, tudo não passara de uma simples hipótese, seja porque eu não queria perder meu voo para Londres ou porque relutasse em descer a maiores detalhes na investigação. Só no início do verão de 1984 estive finalmente em Ithaca, tendo chegado à conclusão, após decifrar a duras penas as notas de viagem de 1913 de tio Adelwarth, de que meu propósito não devia mais ser adiado. Tornei assim a voar para Nova York, e de lá segui no mesmo dia rumo a noroeste pela State Highway 17, com um carro alugado, passando por diversos vilarejos mais ou menos dispersos, que, apesar dos nomes em parte familiares para mim, pareciam ficar no meio do nada. Monroe, Monticello, Middletown, Wurtsboro, Wawarsing, Colchester e Cadosia, Deposit, Delhi, Neversink e Niniveh — minha impressão era que me movia como se guiado por controle remoto junto com o carro através de um país de brinquedo de escala colossal, cujos nomes das localidades haviam sido escolhidos a esmo, das ruínas de um outro mundo há muito abandonado, por uma criança gigantesca e invisível. Era como se os carros deslizassem por si próprios na estrada espaçosa. As ultrapassagens, se é que se davam, uma vez que as diferenças de velocidade eram mínimas, ocorriam tão lentamente que a pessoa virava por assim dizer companheiro de viagem do vizinho de pista enquanto, palmo a palmo, tomava a frente ou ficava para trás. A certa altura, por exemplo, dirigi uma boa meia hora na companhia de uma família de negros, cujos membros me deram a entender, por meio de diversos sinais e repetidos sorrisos, que eu já tinha um lugar em seus corações como uma espécie de amigo da família, e quando se separaram de mim numa curva ampla na saída para Hurleyville — as crianças faziam caretas pelo vidro de trás — me senti realmente sozinho e abandonado por uns instantes. A estrada corria sobre um grande platô, à direita do qual se erguiam colinas e ondulações que subiam a montanhas de certa altura na direção do horizonte norte. Assim como haviam sido sombrios e sem cor os dias de inverno que eu passara na América três anos antes, deslumbrante de luz era agora a superfície da terra, composta de diferentes matizes de verde. Nos campos que se alongavam montanha acima, fazia tempo não mais cultivados, carvalhos e tílias americanas haviam se instalado em pequenos capões, plantações retilíneas de pinheiros se alternavam com grupos irregulares de bétulas e álamos, cujas folhas tremulantes, inúmeras, haviam brotado apenas algumas semanas antes, e mesmo nas regiões mais altas que se erguiam escuras no pano de fundo, onde florestas de abetos revestiam as encostas, os lariços verde-claros brilhavam aqui e acolá ao sol da tarde. Ao ver esses planaltos aparentemente desabitados, ocorreu-me o anseio por lugares distantes com que me debruçava sobre meu atlas quando aluno do colégio conventual e a frequência com que viajava em pensamento pelos estados americanos, que eu sabia recitar de cor em ordem alfabética. Durante uma aula de geografia que durou algo muito próximo de uma eternidade — lá fora, o azul da manhã repousava ainda intocado pela claridade do dia —, explorei também certa vez, como me lembro, as regiões pelas quais eu agora transitava, assim como as montanhas Adirondack mais ao norte, que conforme tio Kasimir me havia dito eram tais quais as de nossa terra. Lembro-me ainda de ter procurado na época, com uma lente de aumento, a nascente do rio Hudson, que ficava cada vez mais fino, e de ter me perdido num quadrado de mapa com uma grande quantidade de picos e lagos. Certos nomes de localidades como Sabattis, Gabriels, Hawkeye, Amber Lake, lago Lila e lago Tear-in-the-Clouds restaram indelevelmente em minha memória desde então.

Em Owego, onde tinha de sair da State Highway, fiz uma parada e descansei até por volta das nove horas numa lanchonete de beira de estrada, eventualmente tomando nota de uma ou outra palavra, mas a maior parte do tempo olhando absorto pelas janelas panorâmicas o tráfego que fluía sem parar e o céu ocidental, ainda cortado por filões de laranja, carmim e ouro muito depois que o sol se pôs. Assim, já era tarde da noite quando cheguei a Ithaca. Para me orientar, rodei talvez por meia hora pela cidade e pelos subúrbios antes de estacionar numa rua lateral em frente a uma *guesthouse*, iluminada e silenciosa no jardim escuro, como o *Empire des Lumières* no qual ninguém ainda pôs os pés. Uma trilha curva com alguns degraus de pedra subia da calçada até a porta de entrada, diante da qual um arbusto de flores brancas (à luz da lâmpada, imaginei por um instante que estava coberto de neve) espichava seus galhos horizontais. Levou um tempo considerável até que do interior da casa, que claramente já dormia, chegasse um porteiro de idade, que caminhava tão curvado para a frente que com certeza não era capaz de enxergar mais do que as pernas ou o abdômen da pessoa com quem se defrontasse. Por causa dessa incapacidade, sem dúvida, antes mesmo de se dispor a cruzar o átrio já espiara de baixo para cima, com um olhar breve, mas tanto mais penetrante, o hóspede tardio que aguardava lá fora diante da porta semienvidraçada. Sem uma palavra, conduziu-me por uma maravilhosa escada de mogno — não se tinha a sensação de estar subindo uma escada, era como se a pessoa flutuasse para o alto — até o andar de cima, onde me mostrou um quarto espaçoso que dava para os fundos. Pus a mala no chão, abri uma das janelas altas e olhei por entre as sombras ondulantes de um cipreste que subia das profundezas. O ar estava cheio de sua fragrância e de um rumor incessante, que não vinha, porém, como imaginei a princípio, do vento nas árvores, mas das Ithaca Falls, situadas a pouca distância, embora invisíveis de minha janela, das quais eu fazia uma ideia tão pouco exata antes de chegar à cidade quanto das mais de cem outras cachoeiras que se precipitavam nos desfiladeiros e vales sulcados a fundo na região do lago Cayuga desde o final da era do gelo. Deitei-me e, exausto que estava da longa viagem, logo caí num sono profundo, no qual os véus pulverulentos que subiam em silêncio do bramido das águas sopravam como cortinas brancas num recinto preto como a noite. Na manhã seguinte, procurei em vão na lista telefônica pelo sanatório Samaria e pelo professor Fahnstock mencionados por tia Fini. Não menos inútil foi uma visita a um consultório psiquiátrico e a pergunta feita à senhora de cabelos azulados da recepção, que ficou visivelmente escandalizada com a expressão *private mental home*. Ao deixar o hotel para proceder às minhas investigações na cidade, encontrei no jardim da frente o porteiro encurvado, que vinha subindo a trilha com uma vassoura na mão. Escutou meu pedido de informação com a máxima concentração e depois, apoiado na vassoura, pensou em silêncio por quase um minuto. *Fahnstock*, exclamou finalmente, tão alto como quem fala com um surdo, *Fahnstock died in the Fifties. Of a stroke, if I am not mistaken.* E em poucas frases, que subiam feito metralha do seu peito constrito, explicou-me ainda que Fahnstock tivera um sucessor, um certo dr. Abramsky, que no entanto não aceitava mais pacientes desde o final dos anos 60. O que fazia agora naquele pardieiro só dele, disse o porteiro pondo-se a caminho com um solavanco, isso ninguém sabia. E diante da porta ainda gritou para mim: *I have heard say he's become a beekeeper.* Por meio das indicações que me foram dadas pelo velho criado, encontrei sem dificuldades o sanatório naquela tarde. Um longo caminho de acesso conduzia por um parque de pelo menos quarenta hectares até uma vila lá no alto, feita exclusivamente de madeira, que com suas varandas e seus terraços cobertos lembrava em parte uma casa de campo russa, em parte uma daquelas imensas cabanas de pinho atulhadas de troféus que os arquiduques e príncipes austríacos construíram por todo lugar em seus territórios de caça na Estíria e no Tirol no final do século XIX, para acomodar a alta nobreza e os barões da indústria convidados para caçar. Tão nítidos eram os sinais de decadência, tão singular era o brilho das vidraças no sol de verão, que não me atrevi a me aproximar, e passei em vez disso a dar uma olhada no parque, onde coníferas de quase toda espécie que eu conhecia — cedros-do-líbano, tuias, abetos prateados, lariços, pinheiros Arolla e Monterey e ciprestes do brejo emplumados — haviam se desenvolvido em sua plenitude. Alguns dos cedros e dos lariços tinham quarenta metros de altura, uma cicuta-da-europa com certeza uns cinquenta. Entre as árvores se abriam pequenos campos florestados onde jacintos azuis, cardamomos brancos e barbas-de-bode amarelas cresciam lado a lado. Em outras partes havia diferentes samambaias, e a folhagem nova do bordo-anão japonês, acesa pelos raios de sol, oscilava sobre as folhas mortas no chão. Após vagar durante quase uma hora pelo arboreto, encontrei dr. Abramsky na frente do seu apiário, ocupado em aparelhar novas colmeias. Era um homem atarracado de uns sessenta anos, vestia uma calça rasgada e um blusão coberto de manchas, de cujo bolso direito saía uma pluma de ganso, dessas que antigamente se usavam como espanador. O que à primeira vista também chamava a atenção no dr. Abramsky era seu basto e flamejante cabelo ruivo, que se eriçava como em grande excitação e que me fez lembrar das línguas de fogo pentecostais sobre a cabeça dos apóstolos retratados em meu primeiro catecismo. Sem se importar minimamente com minha aparição do nada, dr. Abramsky puxou uma cadeira de vime para mim e, continuando a trabalhar em suas colmeias, escutou minha história. Quando terminei, ele pôs de lado suas ferramentas e começou seu próprio relato. Cosmo Solomon, disse, eu não cheguei a conhecer, mas conheci seu tio-avô, já que comecei a trabalhar aqui em 1949, aos trinta e um anos, como médico assistente de Fahnstock. Lembro-me do caso Adelwarth com especial clareza porque ocorreu no início de uma mudança radical na minha forma de pensar, uma mudança que me levou, na década seguinte à morte de Fahnstock, a reduzir consideravelmente minha prática psiquiátrica e por fim a desistir dela. Desde meados de maio de 1969 — comemorei recentemente quinze anos de aposentadoria — vivo aqui fora, na casa de barcos ou no apiário, dependendo do tempo, e por princípio não me importo mais com o que se passa no chamado mundo real. Sem dúvida estou agora, em certo sentido, louco, mas como talvez você saiba, essas coisas são mera questão de perspectiva. Você terá visto que a casa Samaria está deserta. Abrir mão dela foi a condição prévia para me desligar da vida. Provavelmente ninguém faz uma ideia aproximada da dor e da desgraça que esse extravagante palácio de madeira acumulou e que agora, com sua ruína, assim espero, irá gradualmente se dissipar. Dr. Abramsky calou-se por alguns instantes e apenas contemplava a distância. É verdade, disse então, que Ambrose Adelwarth não foi entregue à nossa custódia pelos seus parentes, mas se submeteu aos cuidados psiquiátricos por sua livre e espontânea vontade. Durante um bom tempo foi um mistério para mim o que pretendia com esse passo, porque ele nunca falava nada de si próprio. Fahnstock diagnosticou depressão senil profunda, associada a catatonia estuporosa, mas isso era desmentido pelo fato de que Ambrose não demonstrava nenhum sinal de negligência com seu corpo, como pacientes nesse estado costumam fazer. Pelo contrário, dava grande importância à sua aparência externa. Nunca o vi sem seu terno e sua gravata-borboleta de nó impecável. No entanto, mesmo quando ficava apenas na frente da janela e olhava para fora, sempre dava a impressão de que estava cheio de uma tristeza incurável. Não acho, disse dr. Abramsky, que eu tenha alguma vez encontrado alguém mais melancólico do que seu tio-avô; cada palavra fortuita, cada gesto, toda a sua postura, aprumada até o fim, equivalia na verdade a uma constante solicitação de licença. Nas refeições, às quais ele sempre comparecia, pois mesmo nas épocas mais sombrias sua cortesia permaneceu absoluta, ele ainda se servia, mas o que comia era tão pouco quanto as oferendas simbólicas que antes eram postas sobre os túmulos dos mortos. Notável foi também a prontidão com que Ambrose se submeteu ao tratamento de eletrochoque, que no início dos anos 50, como só me dei conta mais tarde, de fato tocava as raias de um procedimento de tortura ou um martírio. Se não era raro que os outros pacientes fossem levados à força para a sala de tratamento (*frogmarched*, foi a expressão usada pelo dr. Abramsky nesse ponto), Ambrose, este, estava sempre sentado no banquinho em frente da porta na hora marcada, a cabeça apoiada na parede, os olhos fechados, aguardando o que era iminente.

Em resposta à minha pergunta, dr. Abramsky mencionou a terapia de eletrochoque em detalhes. No início da minha carreira de psiquiatra, disse, eu era da opinião de que a eletroterapia era uma forma de tratamento humana e efetiva. Fahnstock, em seus relatos de casos clínicos, descrevera de forma contundente, e também na época de faculdade nos haviam ensinado a respeito, como antigamente, quando acessos pseudoepilépticos eram induzidos com injeções de insulina, os pacientes muitas vezes convulsionavam por minutos, numa espécie de ânsia de morte, o rosto contorcido e azul. Comparada com essa maneira de proceder, a introdução do tratamento de eletrochoque, que podia ser dosada com mais precisão e interrompida imediatamente em caso de reação extrema, significava em si mesma um considerável passo adiante, e a nosso ver foi absolutamente legitimada quando, no início dos anos 50, o emprego de narcóticos e relaxantes musculares foi capaz de evitar os piores ferimentos incidentais, como luxação de ombro e maxila e outras fraturas. Devido a esses consideráveis avanços na aplicação da terapia de eletrochoque, Fahnstock, descartando com sua característica indiferença minhas objeções infelizmente não muito enérgicas, adotou, cerca de seis meses antes de Ambrose chegar, o chamado método em bloco recomendado pelo psiquiatra alemão Braunmühl, envolvendo não raro mais de cem eletrochoques aplicados a intervalos de apenas poucos dias. Claro que, no caso de um tratamento assim frequente, não se pensava mais numa documentação e avaliação adequadas do processo terapêutico, e foi isso que aconteceu também com seu tio-avô. Além disso, disse dr. Abramsky, todo o material arquivado, as anamneses, as histórias de caso e os prontuários, embora mantidos de forma bastante superficial por Fahnstock, foram nesse meio-tempo provavelmente comidos pelos ratos que tomaram posse do hospício após seu fechamento e que desde então se multiplicam lá dentro em proporções inconcebíveis. Seja como for, em noites sem vento ouço um zum-zum-zum constante pela casca ressecada do prédio, e às vezes, quando a lua cheia emerge atrás das árvores, ergue-se também, ou assim me parece, uma canção patética de milhares de minúsculas gargantas comprimidas. Hoje, deposito minhas esperanças nos ratos, e também nos carunchos, nas brocas e besouros papa-defuntos, que cedo ou tarde vão botar abaixo um sanatório que range e já cede em algumas partes. Tenho um sonho recorrente com esse desmoronamento, disse dr. Abramsky observando a palma de sua mão esquerda. Vejo o sanatório em seu posto elevado, vejo tudo simultaneamente, o prédio em seu conjunto e também cada mínimo detalhe, e sei que o madeirame, o vigamento do telhado, o batente das portas e as aduelas, as pranchas do assoalho e as escadas, os corrimãos e as balaustradas, os lintéis e as cornijas, já foram todos escavados sob a superfície, e que a qualquer instante, assim que o escolhido entre o exército cego dos besouros romper a última resistência, já nem mais material, com uma última raspada de sua mandíbula, tudo virá abaixo. E é isso que justamente ocorre em meu sonho, com infinita lentidão, e uma grande nuvem amarelada cresce e se dispersa, e no lugar do antigo sanatório nada mais resta senão um montículo de serragem fino como pó, feito pólen. Dr. Abramsky falava com voz cada vez mais baixa, mas agora, depois de uma pausa na qual repassou novamente, assim pensei, o espetáculo imaginário em sua cabeça, voltou à realidade. Fahnstock, recomeçou, Fahnstock havia feito sua residência em psiquiatria num asilo em Lemberg, pouco antes da Primeira Guerra Mundial; numa época, portanto, em que a psiquiatria se preocupava antes de tudo em refrear e custodiar com segurança os pacientes. Por isso, inclinava-se naturalmente a creditar ao sucesso terapêutico a regular desolação e apatia resultantes do tratamento continuado com eletrochoques, a crescente dificuldade de concentração, o pensamento lento, o tônus diminuto ou mesmo o silêncio absoluto. Assim, considerava a docilidade inaudita de Ambrose, um de nossos primeiros pacientes submetido a uma eletroterapia que se estendeu por semanas e meses, como fruto do novo procedimento, embora essa docilidade, como eu já começava então a desconfiar, não se devesse a outra coisa a não ser o anseio de seu tio-avô por uma extinção o mais completa e irrevogável possível de sua capacidade de pensamento e recordação. Dr. Abramsky calou-se novamente por um bom tempo, estudando de vez em quando as linhas em sua mão esquerda. Acho, prosseguiu então erguendo a vista para mim, acho que foi o inconfundível sotaque austríaco de Fahnstock que despertou minha simpatia por ele no início. Ele me lembrava meu pai, que era de Kolomea e, como Fahnstock, viera da Galícia para o oeste depois da derrocada do Império Habsburgo. Fahnstock tentou se restabelecer em sua cidade natal de Linz, meu pai quis ganhar a vida com o comércio de bebidas em Viena, mas os dois fracassaram por causa das circunstâncias então reinantes, um em Linz e o outro em Leopoldstadt. No início de 1921, meu pai finalmente partiu para a América, e Fahnstock deve ter chegado a Nova York nos meses de verão, onde logo pôde retomar sua carreira na psiquiatria. Em 1925, depois de dois anos de serviço num hospital estatal em Albany, assumiu seu posto no sanatório privado Samaria, então recém-inaugurado. Quase na mesma época, meu pai morreu na explosão de uma caldeira numa fábrica de soda no Lower East Side. Depois do acidente, seu corpo foi encontrado em estado parcialmente carbonizado. Adolescente no Brooklyn, meu pai me fez muita falta. Era uma pessoa confiante, mesmo diante da maior adversidade; minha mãe, em contrapartida, parecia apenas uma sombra depois da sua morte. Hoje imagino que, quando assumi meu posto de assistente em Samaria, tomava a princípio sem críticas o partido de Fahnstock porque muito nele me lembrava meu pai. Somente quando Fahnstock, que jamais tivera a menor ambição científica, passou a acreditar, lá pelo final de sua carreira clínica, que havia descoberto uma arma psiquiátrica miraculosa com o método de bloco ou de aniquilação e cedeu cada vez mais a uma espécie de mania cientificista — ele planejava até mesmo escrever um estudo sobre Ambrose —, somente então seu exemplo e minha própria hesitação me abriram os olhos para algo diverso: nossa aterradora ignorância e corruptibilidade. Já era quase noite. Dr. Abramsky me conduziu de volta pelo arboreto até o caminho de entrada. Segurava na mão a pluma de ganso branca e às vezes apontava com ela a direção. Seu tio-avô, disse enquanto caminhávamos, foi acometido perto do fim por uma progressiva paralisia das articulações e dos membros, provavelmente causada pela eletroterapia. Dali a pouco, era só com grande dificuldade que conseguia cuidar de si mesmo. Levava quase o dia inteiro para se vestir. Apenas para fechar as abotoaduras e para dar o nó na gravata-borboleta precisava de horas. E, mal terminava de se vestir, tinha de pensar em se despir. E mais, agora sofria constantemente de distúrbios visuais e fortes dores de cabeça, razão pela qual costumava usar uma viseira de celofane verde sobre os olhos — *like someone who works in a gambling saloon.* Quando fui visitá-lo em seu quarto no último dia de sua vida, porque pela primeira vez ele faltara ao tratamento, lá estava ele com essa viseira de celofane na frente da janela, contemplando o terreno pantanoso situado além do parque. Curiosamente, usava um par de braçadeiras pretas de algum material acetinado, como antes provavelmente costumava usar quando polia prata. Quando perguntei por que não aparecera como de costume na hora marcada, respondeu — lembro exatamente suas palavras —: *It must have slipped my mind whilst I was waiting for the butterfly man.* Depois dessa observação enigmática, Ambrose me acompanhou sem demora até Fahnstock na sala de tratamento e lá se submeteu a todas as medidas preparatórias sem a menor resistência, como sempre fazia. Eu o vejo, disse dr. Abramsky, deitado na minha frente, os eletrodos na testa, a cunha de borracha entre os dentes, afivelado ao invólucro de lona rebitado à mesa de tratamento como alguém a ser em breve sepultado em alto-mar. A aplicação transcorreu sem incidentes. Fahnstock fez um prognóstico francamente otimista. Mas reconheci no rosto de Ambrose que ele agora estava destruído, exceto por um pequeno vestígio. Quando voltou a si da anestesia, seus olhos, agora estranhamente vítreos, se encheram de água, e um suspiro que escuto até hoje lhe subiu do peito. Um enfermeiro o levou de volta ao quarto, e lá o encontrei, no amanhecer do dia seguinte, perturbado pela minha consciência, deitado em sua cama, de botas envernizadas e por assim dizer de uniforme completo. Dr. Abramsky seguiu o restante do caminho em silêncio ao meu lado. Também não disse nada ao se despedir, descreveu somente um arco com a pluma de ganso no ar que já escurecia.

Em meados de setembro de 1991, quando viajei da Inglaterra a Deauville numa época de seca terrível, a estação terminara havia muito, e mesmo o Festival du Cinéma Américain, com que se pretendia estender um pouco os meses mais lucrativos de verão, já chegara ao fim. Não sei se, contra toda hipótese racional, eu esperava algo especial de Deauville — um resquício do passado, alamedas verdes, passeios à beira-mar ou mesmo um público mundano ou *demi-mondain*; quaisquer que tenham sido minhas ideias, logo ficou patente que esse balneário outrora legendário, tal como todos os outros lugares que se visitam hoje, não importa em qual país ou continente, estava irremediavelmente corrompido e arruinado pelo tráfego, pelo comércio lojista e pela sede insaciável de destruição. As vilas construídas na segunda metade do século XIX como castelos neogóticos, com torreões e ameias, no estilo de chalés suíços e até mesmo segundo modelos orientais, ofereciam quase sem exceção um espetáculo de negligência e abandono. Se a pessoa para um instante na frente de uma dessas casas aparentemente desabitadas, como fiz em meu primeiro passeio matinal pelas ruas de Deauville, é curioso que quase toda vez uma das persianas fechadas, seja no *parterre*, seja no *bel étage* ou no andar de cima, abre-se um pouco e aparece uma mão que, com movimentos notavelmente lentos, sacode uma flanela de pó, de modo que logo é forçoso pensar que toda Deauville consiste de interiores sombrios onde as mulheres, condenadas à perpétua invisibilidade e a tirarem o pó eternamente, movem-se em silêncio, à espreita de que possam dar um sinal com seus trapos a um transeunte qualquer que se detenha por acaso diante de sua prisão e erga a vista para a fachada. Em outras partes também, em Deauville e do outro lado do rio, em Trouville, encontrei quase tudo fechado, o Musée Montebello, o arquivo municipal no prédio da prefeitura, a biblioteca, na qual eu queria dar uma olhada, e até mesmo a creche *de*

l'enfant Jésus, uma fundação da saudosa e finada *madame la baronne* d'Erlanger, como informava uma placa comemorativa erigida na frente do edifício pelos gratos cidadãos de Deauville.

Também não estava mais aberto o Grand Hôtel des Roches Noires, um gigantesco palácio de tijolos onde multimilionários americanos, a alta aristocracia inglesa, os barões da Bolsa francesa e grandes industriais alemães se deviam reciprocamente a honra da companhia. O Roches Noires, até onde pude saber,

fechou as portas nos anos 50 ou 60, e depois disso foi dividido em apartamentos, dos quais somente aqueles que davam para o mar, contudo, conseguiram vender bem. Hoje, o hotel outrora mais luxuoso da costa normanda não passa de uma monumental monstruosidade já meio afundada na areia. A maioria dos apartamentos está abandonada há tempos, tendo seus proprietários dito adeus ao mundo. Mas algumas senhoras indestrutíveis vêm como antes, todos os verões, e assombram o imenso edifício. Tiram por algumas semanas os lençóis brancos dos móveis e, no vazio do prédio, deitam em silêncio à noite em seus caixões, vagam pelos corredores amplos, atravessam as salas imensas, sobem e descem as escadarias ecoantes, pondo cuidadosamente um pé depois do outro, e de manhã cedo levam a passear seus poodles e pequineses ulcerosos pelo calçadão. Em contraste com o Roches Noires, que está gradualmente se decompondo, o

Hôtel Normandy, na outra ponta de Trouville-Deauville, inaugurado em 1912, ainda hoje é um estabelecimento da mais alta classe. Construído ao redor de vários pátios internos, em estilo enxaimel que parece ao mesmo tempo colossal e miniaturesco,

ele abriga quase exclusivamente hóspedes japoneses, guiados pelo programa prescrito em detalhes pela direção do hotel com uma cortesia, é verdade, seleta, mas também gélida, como pude observar, beirando talvez a indignação. No Normandy, de fato, a pessoa se sente menos num renomado hotel internacional do que num pavilhão gastronômico construído pelos franceses para uma exposição mundial num subúrbio de Osaka, e eu pelo menos não me admiraria nem um pouco se, ao sair do Normandy, desse de cara com um hotel de fantasia no estilo balinês ou alpino. A cada três dias, os japoneses no Normandy eram substituídos por um novo contingente de seus conterrâneos, que, como me explicou um dos hóspedes, eram trazidos diretamente, em ônibus climatizados, do aeroporto Charles de Gaulle para Deauville, a terceira parada, depois de Las Vegas e Atlantic City, de uma excursão global de jogatina que os levava de volta a Tóquio via Viena, Budapeste e Macau. Em Deauville, todos os dias às dez da manhã, os japoneses se dirigiam ao novo cassino, construído ao mesmo tempo em que o Normandy, onde jogavam até o almoço em salas automatizadas, faiscantes de todas as cores do caleidoscópio e entrelaçadas com guirlandas de som monocórdio. Passavam também as tardes e as noites diante das máquinas, às quais sacrificavam, com rosto estoico, punhados de moedas, e tal como autênticas crianças em dia de festa, ficavam alegres quando elas finalmente tilintavam para fora da caixa. Nunca vi um japonês sentado à mesa de roleta. Por volta da meia-noite, lá se achavam em geral apenas algum duvidoso cliente da província, advogados de porta de cadeia, corretores imobiliários ou vendedores de carro com suas amantes, tentando passar a perna na Sorte, com a qual se defrontavam na figura de um crupiê atarracado, metido de forma incongruente num uniforme de ajudante de picadeiro. A mesa de roleta, aliás, resguardada por um anteparo de vidro verde-jade, encontrava-se num pátio interno reformado recentemente, ou seja, não no lugar onde antes os apostadores jogavam em Deauville. A sala de jogo da época, isso eu sabia, era muito maior. Havia uma fileira dupla de mesas de roleta e bacará, bem como aquelas nas quais se podia apostar nos esforçados cavalinhos que não paravam de correr em círculos. Lustres de vidro veneziano pendiam do teto de estuque, através de uma dúzia de janelas semicirculares de oito metros de altura via-se o terraço, onde as personalidades se uniam em grupos ou aos pares, e para além da balaustrada, no reflexo do cassino, viam-se as areias brancas e, lá longe, os iates de alto-mar e vapores, ambos iluminados e ancorados, erguendo seus faróis de sinalização no céu noturno, e pequenos barcos movendo-se de lá para cá como morosos vaga-lumes entre eles e a costa. Quando pus os pés pela primeira vez no cassino de Deauville, a antiga sala de jogo brilhava no último crepúsculo da tarde. Mesas haviam sido postas para bem umas cem pessoas, para um banquete de casamento ou uma festa de aniversário. Os raios do sol poente se refratavam nos copos e cintilavam na bateria prateada da banda, que começava a testar o som para a iminente apresentação. Os músicos eram quatro jovens de cabelo anelado, já um tanto passados. Tocavam músicas dos anos 60, que eu escutara não sei quantas vezes no Union Bar em Manchester. *It is the evening of the day*. A vocalista, uma garota loira com voz ainda bastante pueril, soprava com abandono no microfone, que ela segurava colado aos lábios com as duas mãos. Cantava músicas em inglês, mas com pronunciado sotaque francês. *It is the evening of the day, I sit and watch the children play*. Às vezes, quando não conseguia se lembrar direito da letra, seu canto se tornava um magnífico cantarolar. Sentei-me numa das cadeiras de pátina branca. A música enchia todo o recinto. Cúmulos cor-de-rosa até o teto de arabescos dourados. Procol Harum. "A whiter shade of pale." Pura emotividade.

Mais tarde, no meu quarto de hotel à noite, escutei o murmúrio do mar, e sonhei que atravessava o Atlântico num *paquebot* cuja superestrutura do convés era exatamente igual ao Hôtel Normandy. Eu estava de pé junto à balaustrada quando entramos em Le Havre ao amanhecer. A buzina de nevoeiro ressoou três vezes, e o gigantesco corpo do navio tremeu sob meus pés. De Le Havre a Deauville segui de trem. Em meu compartimento havia uma senhora emplumada com uma infinidade de caixas de chapéu. Fumava um volumoso havana, e às vezes olhava de forma provocante para mim através da fumaça azul. Mas eu não sabia como me dirigir a ela, e em meu embaraço não tirava os olhos das luvas de pelica brancas com vários botõezinhos, estendidas a seu lado sobre o assento estofado. Chegando a Deauville, tomei um cabriolé até o Hôtel des Roches Noires. Reinava uma agitação excessiva nas ruas. Carroças e coches de todo tipo, carros, carrinhos de mão, bicicletas, moços de recado, entregadores e *flâneurs* moviam-se aparentemente ao léu. Era um verdadeiro pandemônio. O hotel estava absolutamente lotado. Multidões se acotovelavam diante da recepção. Estava para começar a temporada de corridas, e as pessoas faziam questão de se hospedar nos melhores endereços, não importava como. Os hóspedes do Roches Noires alugavam sofás e poltronas para dormir na sala de leitura ou no salão; os funcionários eram evacuados de seus quartos no sótão para o porão; os senhores cediam seus quartos às senhoras e se deitavam para dormir onde bem pudessem, no átrio, nos corredores, nos nichos das janelas, nos patamares das escadas e nas mesas de bilhar. Pagando um suborno absurdo, consegui arranjar um beliche num quarto de despejo, parafusado alto na parede como um compartimento de bagagem. Só quando não aguentei mais de cansaço, escalei até lá em cima e dormi durante algumas horas. De resto, procurava dia e noite por Cosmo e Ambros. Às vezes eu achava tê-los visto sumir numa entrada ou num elevador ou dobrar uma esquina. Depois realmente os via sentados tomando chá no pátio lá fora ou no átrio, folheando jornais recém-rodados que eram trazidos de manhã cedinho pelo chofer Gabriel a toda a velocidade, de Paris a Deauville. Estavam calados, como os mortos costumam estar em nossos sonhos, e pareciam um pouco desolados e abatidos. Em geral, portavam-se como se sua condição de estrangeiros, por assim dizer, fosse um terrível segredo de família, a não ser revelado sob hipótese nenhuma. Se me aproximasse deles, dissolviam-se diante de meus olhos, sem deixar nada senão o espaço vazio que ocupavam havia pouco. Por isso, sempre que os avistava, contentava-me em observá-los de longe. Em breve me pareceu que constituíam, onde quer que topasse com eles, um ponto de tranquilidade no tumulto incessante ao redor. Era mesmo como se o mundo inteiro tivesse se reunido ali em Deauville no verão de 1913. Vi a *comtesse* de Montgomery, a *comtesse* de Fitz-James, a *baronne* d'Erlanger e a *marquise* de Massa, os Rothschild, os Deutsch de la Meurthe, os Koechlin e Bürgel, os Peugeot, os Worms e os Hennessy, os Isvolsky e os Orlov, artistas de ambos os sexos e cortesãs como Réjane e Reichenberg, armadores gregos, magnatas do petróleo mexicanos e fazendeiros de algodão da Louisiana. Deu na *Trouville Gazette* que, naquele ano, uma verdadeira onda de exotismo rebentara sobre Deauville: *des musulmans moldo-valaques, des brahmanes hindous et toutes les variétés de Cafres, de Papous, de Niam-Niams et de Bachibouzouks importés en Europe avec leurs danses simiesques et leurs instruments sauvages.* Era um movimento constante, vinte e quatro horas por dia. Na primeira grande corrida da estação, no hipódromo de La Touque, ouvi um colunista de fofocas inglês falar: *It actually seems as though people have learnt to sleep on the hoof. It's their glazed look that gives them away. Touch them, and they keel over.* Exausto eu próprio, achava-me na tribuna do hipódromo. A pista de grama em volta do campo de polo era cercada por uma longa fileira de choupos do mesmo tamanho. Com os binóculos, pude ver suas folhas se agitar ao vento, cinza-prateadas. O público ficava cada vez mais numeroso. Daí a pouco, havia abaixo de mim um único mar de chapéus ondulantes, sobre os quais penachos brancos de garça flutuavam como cristas de espuma sobre ondas que passam escuras. As mais adoráveis das jovens senhoras apareceram por último, as primícias da estação, por assim dizer, com vestidos de renda pelos quais a seda de suas roupas de baixo lampejavam, verde-nilo, vermelho-camarão ou azul-absinto. Num piscar de olhos, estavam cercadas por homens de preto, os mais ousados dos quais mantinham a cartola erguida na ponta da bengala. Quando a corrida já devia ter começado, chegou ainda o marajá de Caxemira em seu Rolls, que era dourado por dentro, e atrás dele uma segunda limusine, da qual desceu uma senhora incrivelmente corpulenta que foi conduzida a seu lugar por dois serviçais decrépitos. Logo acima dela, como de súbito me dei conta, estavam sentados Cosmo Solomon e Ambros. Ambros usava um terno de linho amarelo e um chapéu de palha espanhol, laqueado de preto. Mas Cosmo vestia, apesar do radiante clima de alto verão, um grosso casaco de lã e um gorro de aviador do qual sobressaíam seus cachos loiros. Seu braço direito pousava imóvel no espaldar da cadeira de Ambros, e imóveis ambos olhavam para a distância. Quanto ao mais, como agora me volta à memória, meus sonhos em Deauville foram cheios de um constante murmúrio que tinha sua origem nos boatos que corriam sobre Cosmo e Ambros. Certa vez, por exemplo, vi os dois jovens sentados tarde da noite no salão de jantar do Normandy a uma mesinha de criança disposta só para eles bem no meio do recinto, e portanto afastada de todas as outras. Entre eles, numa travessa de prata, havia uma lagosta que brilhava um magnífico cor-de-rosa na atmosfera abafada e às vezes mexia lentamente um de seus membros. Ambros despedaçava aos poucos a lagosta, com grande destreza, e oferecia pequenos bocados a Cosmo, que os comia como uma criança bem-educada. Da multidão dos hóspedes comensais que se movia como por um ligeiro marulho, somente os brincos e colares reluzentes das senhoras e os peitilhos brancos dos senhores eram vistos. No entanto, senti que todo mundo grudava os olhos naqueles dois que comiam lagosta, dos quais ouvi dizer alternadamente que eram senhor e criado, dois amigos, parentes ou mesmo irmãos. Para cada uma dessas teses havia infinitos prós e contras que continuavam a cruzar a sala como um sussurro brando muito depois de a mesinha de criança ter sido desocupada e a aurora romper pelas janelas. Sem dúvida, foi antes de tudo a excentricidade de Cosmo que, combinada com as maneiras verdadeiramente exemplares de Ambros, despertara a curiosidade dos hóspedes de verão de Deauville. E a curiosidade crescia naturalmente, e as conjeturas avançadas eram tanto mais audazes quanto mais os dois amigos se contentavam com a companhia recíproca e declinavam os convites que lhes eram feitos diariamente. A espantosa eloquência de Ambros, que contrastava de forma tão gritante com o silêncio aparentemente absoluto de Cosmo, também deu ensejo a todo tipo de especulações. Além disso, as travessuras de Cosmo como aerobata e jogador de polo forneciam constante assunto para conversas, e o interesse pelos estranhos americanos atingiu seu ápice quando começou a soprar a inaudita aura de sorte de Cosmo no *séparée* do cassino e a notícia do fato se alastrou por Deauville com a rapidez de um raio. Sem contar os boatos já em circulação, agora havia ainda o rumor de trapaça ou manobra fraudulenta, e não se cansavam de falar, inclusive naquela noite no salão de jantar, que Ambros, que nunca se sentava à mesa de roleta, mas ficava sempre de pé logo atrás de Cosmo, dispunha dos poderes secretos de um *magnétiseur*. De fato, tão imperscrutável ele era que só me parecia mesmo comparável àquela condessa austríaca, *femme au passé obscur*, cuja corte se instalara nos recantos algo remotos de meus sonhos de Deauville. Pessoa de constituição sumamente delicada, quase transparente com seus vestidos de *moiré* cinza e marrom, a toda hora do dia e da noite estava cercada por uma multidão de adoradores e adoradoras. Ninguém sabia seu verdadeiro nome (não havia uma condessa Dembowski em Viena), ninguém era capaz de estimar sua idade nem sabia se era solteira, casada ou viúva. Notei pela primeira vez a condessa Dembowski quando fez o que nenhuma mulher fora ela teria ousado fazer: tirou seu chapéu de sol branco lá fora no terraço do cassino e pousou-o na balaustrada a seu lado. E a vi pela última vez quando, ao despertar do meu sonho de Deauville, fui até a janela do meu quarto de hotel. A manhã rompia as barras. A praia ainda se mesclava sem cor ao mar e o mar ao céu. E eis que ela surge, no alvorecer que progressivamente se difundia pálido, na deserta Promenade des Planches. Trajada com extremo mau gosto e com maquiagem pesada, lá vinha ela, passeando um coelho angorá branco na guia, que avançava aos trancos. Tinha ainda a seu lado um *clubman* com uma libré verde gritante, que se curvava sempre que o coelho se recusasse a seguir adiante, para lhe oferecer um pouco da enorme couve-flor que segurava na dobra de seu braço esquerdo.

Na escrivaninha à minha frente está a pequena agenda de Ambros, que tia Fini me deu durante minha visita de inverno a Cedar Glen West. É um diário de bolso para o ano de 1913, encadernado em couro bordô macio e com cerca de doze centímetros por oito, que Ambros deve ter comprado em Milão, pois é ali que começam seus apontamentos, em 20 de agosto: Palace H. 3 p. m. Signora M. Noite, Teatro S. Martino, Corso V. Em. *I tre Emisferi*. Decifrar sua letra minúscula, que não raro alternava várias línguas, não era trabalho fácil e provavelmente nunca teria sido levado adiante se as linhas redigidas quase oitenta anos antes não tivessem se aberto, digamos, por si próprias. Dos registros que ficam cada vez mais detalhados, conclui-se que, no final de agosto, Ambros e Cosmo partiram de Veneza rumo à Grécia e Constantinopla a bordo de um vapor. De manhã cedo, está escrito, eu no convés durante longo tempo, olhando à popa. As luzes da cidade recuando a distância sob um véu de chuva. As ilhas na lagoa como sombras. *Mal du pays. Le navigateur écrit son journal à la vue de la terre qui s'éloigne.* No dia seguinte se lê: Diante da costa da Croácia. Cosmo bastante irrequieto. Um belo céu. Montanhas sem árvores. As nuvens que se encastelam.

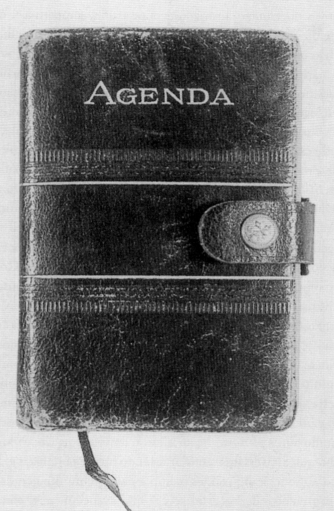

Praticamente escuro às três da tarde. Mau tempo. Amainamos as velas. Às sete da noite, o temporal desaba. Ondas rebentam sobre o convés. O capitão austríaco acendeu uma lamparina a óleo diante da imagem de Nossa Senhora em sua cabine. Ajoelha-se no chão e reza. Em italiano, por estranho que pareça, pelos pobres marinheiros perdidos *sepolti in questo sacro mare*. A noite tempestuosa é seguida por um dia de calmaria. Sob a pressão do vapor, seguimos em velocidade constante para o sul. Ponho ordem nas coisas desarrumadas. Na luz que diminui à nossa frente, oscilando cinza-pérola na linha do horizonte, uma ilha. Cosmo de pé na proa como um piloto. Grita a um marinheiro a palavra *Fano*. *Sísiorsí*, exclama este, e, apontando, repete mais alto: Fano! Fano! Mais tarde, ao pé da ilha já mergulhada na escuridão, vejo uma fogueira. São pescadores na praia. Um deles acena com um pedaço de pau em chamas. Passamos ao largo e algumas horas depois entramos no porto de Kassiopi, na costa norte de Corfu. Na manhã seguinte, um barulho dos infernos a bordo. Conserto das avarias no motor. Em terra firme com Cosmo. Subimos até as ruínas da fortaleza. Um azinheiro cresce no meio do castelo. Deitamos sob seu dossel de folhas como num caramanchão. Lá embaixo, martelam a caldeira. Um dia fora do tempo. De noite, dormimos no convés. Canto de grilos. Acordado por uma brisa na testa. Para além do estreito, atrás das montanhas albanesas preto-azuladas, o dia rompe, alarga seu brilho flamejante sobre o mundo ainda sem luz. E, ao mesmo tempo, dois iates brancos de alto-mar atravessam a cena arrastando fumaça branca, tão lentos como se fossem puxados palmo a palmo com uma corda sobre um palco extenso. Mal se crê que avançam, mas por fim desaparecem atrás dos bastidores do cabo Varvara com suas florestas verde-escuras, sobre o qual pende a foice finíssima da lua crescente. — 6 de setembro: De Corfu via Ítaca e Patras até o golfo de Corinto. Decidido em Itea enviar o barco à frente e seguir a Atenas por terra. Agora nas montanhas de Delfos, a noite já bem fria. Viemos nos deitar duas horas atrás, enrolados em nossos cobertores. As selas servem de travesseiro. Os cavalos estão de cabeça inclinada sob o loureiro, cujas folhas farfalham suavemente como plaquetas de metal. Sobre nós a Via Láctea (*where the Gods pass on their way, says Cosmo*), tão clara que posso escrever isso em sua luz. Se olho bem para cima, vejo o Cisne e a Cassiopeia. São as mesmas estrelas que vi quando criança sobre os Alpes e mais tarde sobre a casa aquática no Japão, sobre o oceano Pacífico, e lá sobre o estreito de Long Island. Mal acredito que sou o mesmo homem e estou na Grécia. Mas de vez em quando sopra até nós o aroma do zimbro, e portanto trata-se da pura verdade.

Depois desses apontamentos noturnos, a primeira nota em maiores detalhes encontra-se no dia de chegada a Constantinopla. Ontem de manhã partida de Pireus, registra Ambros sob a data de 15 de setembro. Algo cansado, escreve, da penosa viagem por terra. Viagem por mar tranquila. Horas de descanso sob o toldo do convés. Nunca vi água mais azul. Realmente ultramarina. Hoje de manhã através dos Dardanelos. Grandes bandos de cormorões. No começo da tarde, lá longe, emergiu a capital do Oriente, primeiro como uma miragem, depois ficando cada vez mais nítidos o verde das árvores e a colorida confusão das casas. Erguendo-se diante dela e no meio dela, apertados uns contra os outros e ligeiramente agitados pela brisa, os mastros dos navios e os minaretes, que também pareciam oscilar um pouco. — Feito o pagamento ao capitão triestino, ficamos alojados por ora no Pera Palas. Entramos no saguão na hora do chá da tarde. Cosmo escreve no registro: *Frères Solomon, New York, en route pour la Chine. Pera*, informa o chefe da recepção à minha pergunta, *pera* quer dizer "além de". Além de Istambul. Suave música de orquestra sopra pelo átrio. Atrás das cortinas fechadas do salão de baile, feitas de tule, oscilam as sombras dos pares dançando. *Quand l'amour meurt*, canta uma mulher com voz fantasmagórica de tão sinuosa. Escadas e quartos bastante suntuosos. Paisagens atapetadas sob pés-direitos altos. Banheiros com banheiras enormes. Da sacada, vista para o Corno de Ouro. A noite cai. Observamos como a escuridão desce das colinas circunstantes sobre os telhados mais baixos, como se eleva das profundezas da cidade acima das cúpulas cinza-chumbo das mesquitas e alcança finalmente as pontas dos minaretes, que brilham especialmente claras uma última vez antes de se apagar. — As notas de Ambros continuam agora sem se importar com as datas. Ninguém, escreve, poderia imaginar uma cidade assim. Tantos edifícios, tanto verde diferente. A copa dos pinheiros lá em cima, no ar. Acácias, sobreiros, sicômoros, eucaliptos, zimbros, loureiros, um verdadeiro paraíso de árvores e encostas sombreadas e bosques com riachos e fontes rumorejantes. Cada passeio uma infinidade de surpresas, de espantos. As paisagens mudam como numa peça, de cena para cena. Uma rua com edifícios palacianos termina num precipício. Você vai ao teatro e chega a um arvoredo passando pela porta no átrio; outra vez você vira numa rua sombria que vai se afunilando, já se imagina capturado, dá um último passo em desespero ao dobrar uma esquina e descortina, de uma espécie de púlpito, o mais vasto panorama. Você escala eternamente uma colina descalvada e se acha novamente num vale sombreado, passa pelo portão de uma casa e está na rua, deixa-se levar um pouco no bazar e de repente está cercado de lápides. Pois, tal como a própria morte, os cemitérios de Constantinopla estão no meio da vida. Para cada um que se vai, dizem, um cipreste é plantado. Em sua densa ramagem as pombas turcas fazem ninho. Quando anoitece, param de arrulhar e partilham o silêncio dos mortos. Advindo o silêncio, os morcegos surgem e se apressam pelos seus caminhos. Cosmo afirma que ouve cada um de seus gritos. — Partes inteiras da cidade totalmente de madeira. Casas de vigas e pranchas marrons e cinza, apodrecidas, com telhados chatos de duas águas, balcões salientes. O bairro judeu é construído do mesmo modo. Andando hoje por ele, abre-se inesperadamente na esquina de uma rua a vista distante de uma linha azul de montanhas e o cume nevado do Olimpo. Pela fração de um terrível batimento cardíaco, imagino-me na Suíça ou em casa novamente...

Encontrei uma casa nos arredores de Eyüp. Fica ao lado da antiga mesquita da aldeia, à testa de uma praça onde três ruas se encontram. No meio da praça calçada, rodeada de plátanos podados, a bacia circular de uma fonte, feita de mármore branco. Muita gente do interior faz aqui uma parada a caminho da cidade. Camponeses com cestos de legumes, carvoeiros, ciganos, saltimbancos e treinadores de ursos. Admira-me que quase não se veja uma carroça ou qualquer outro veículo. Todos viajam a pé, no máximo com uma besta de carga. Como se a roda ainda não tivesse sido inventada. Ou será que não fazemos mais parte do tempo? O que quer dizer 24 de setembro?? — Na parte de trás da casa há um jardim, ou melhor, uma espécie de pátio com uma figueira e uma romãzeira. Crescem também ervas — alecrim, salva, murta, erva-cidreira. Láudano. Entra-se pela porta dos fundos, pintada de azul. O vestíbulo amplo é calçado de lajes e recém-caiado. As paredes como neve. Os quartos, quase sem móveis, parecem desertos e vazios. Cosmo afirma que alugamos uma casa assombrada. Uma escada de madeira leva a um terraço no telhado, sombreado por uma antiga videira. Ao lado, na galeria do minarete, aparece um muezim nanico. Está tão próximo que podemos reconhecer suas feições. Antes de bradar a prece, acena para nós. — Sob a videira do telhado, a primeira refeição em nossa casa. Lá embaixo, no Corno de Ouro, vemos cruzar milha-

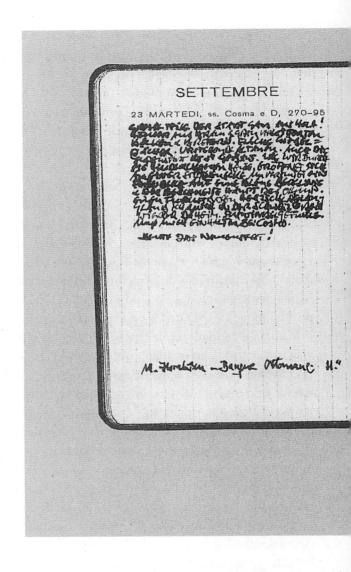

res de barcos, e mais à direita a cidade de Istambul se estende até o horizonte. Montes de nuvens acima dela, flâmeas, cúpreas e purpúreas, banhadas pelo sol poente. Perto da alvorada, ouvimos um ruído enorme, inaudito. Como o sussurro de uma mul-

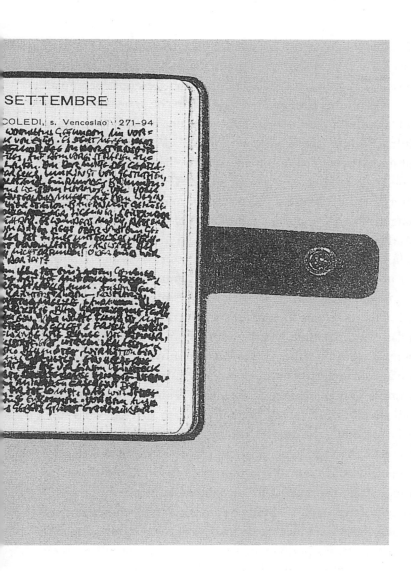

tidão bem afastada, reunida ao ar livre num campo ou numa montanha. Subimos no telhado e vemos um baldaquino em movimento arqueado sobre nós, ornado de preto e branco, até onde alcança a vista. São cegonhas, incontáveis, migrando para o sul. Na mesma manhã, ainda falamos delas num café às margens do Corno. Estamos sentados numa varanda aberta algo elevada, à mostra como dois santos. Grandes escunas passam ao lado, a nenhuma distância. Sente-se a felpa de ar que as envolve. Em tempo ruim, diz o dono, às vezes acontece de uma retranca estilhaçar uma janela ou varrer as flores do canteiro. — 17 de outubro: Atrasado com minhas notas, menos por causa das exigências da vida do que por preguiça. Ontem excursão num barco turco descendo o Corno de Ouro e depois ao largo da margem direita, asiática, do Bósforo. Os subúrbios ficam para trás. Penhascos florestados, escarpas com madeira perene. Aqui e ali, vilas esparsas e casas de veraneio brancas. Cosmo se revela um bom marinheiro. A certa altura, somos cercados por uma multidão de golfinhos. Devem ter sido centenas deles, quando não milhares. Como um grande rebanho de porcos, sulcavam as ondas com o focinho, não paravam de nos circundar e por fim mergulhavam de cabeça. Nas baías profundas, a ramagem se curvava até as águas em redemoinho. Deslizamos por baixo das árvores e, com poucas remadas, entramos num porto cercado de edifícios silenciosos. Dois homens estavam agachados no cais, jogando dados. De resto, nenhuma alma viva ao redor. Passamos pelo portão da pequena mesquita. Na penumbra lá dentro, um jovem estava sentado num nicho, estudando o Alcorão. Os olhos estavam semicerrados, os lábios murmuravam baixo. O tronco balançava para a frente e para trás. No meio do átrio, um lavrador fazia sua prece vespertina. Vez após vez, tocava a testa no chão. Depois permaneceu curvado pelo que me pareceu uma eternidade. As solas dos pés brilhavam no resquício de luz que entrava pela porta. Finalmente se levantou, mas antes lançou ainda um olhar reverente sobre o ombro, à direita e à esquerda — para saudar seu anjo da guarda, disse Cosmo, que ficara às suas costas. Fizemos menção de sair, da meia-luz da mesquita para a claridade branco-areia da praça do porto. Enquanto a atravessávamos, ambos protegendo os olhos ofuscados com a mão, à maneira de viajantes no deserto, uma pomba cinza do tamanho de um galo adulto avançava cambaleante a nossa frente, mostrando-nos o caminho até uma rua onde encontramos um dervixe de cerca de doze anos de idade. Vestia uma bata bem larga que ia até o chão e uma jaqueta de talhe justo, feita do mais fino linho, como a bata. Extraordinariamente belo, o garoto usava na cabeça um toque alto e sem abas de pelo de camelo. Dirigi-lhe a palavra em turco, mas ele só nos olhava em silêncio. Na viagem de volta, nosso barco deslizava

como que por si mesmo ao longo dos escarpados penhascos verde-escuros. O sol já se pusera, a água era uma superfície sombreada, mas no alto ainda se movia aqui e ali uma luz errante. Cosmo, ao leme, diz que quer retornar em breve, com um fotógrafo, para tirar uma foto de lembrança do dervixe mirim...

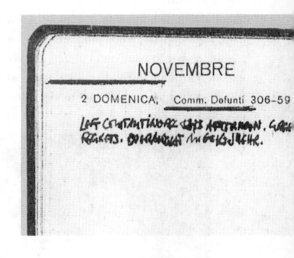

Em 26 de outubro, Ambros escreve: Peguei hoje no estúdio as fotos do menino branco. Mais tarde, informei-me nos Chemins de Fer Orientaux e na Banque Ottomane sobre a continuação da viagem. Comprei ainda um traje turco para Cosmo e também para mim. As horas noturnas em cima de horários, mapas e guias Karl Baedeker.

A rota que ambos tomaram de Constantinopla pode ser seguida com alguma certeza com base nas notas da agenda, ainda que estas sejam agora um tanto escassas e às vezes se interrompam por completo. Devem ter cruzado a Turquia inteira de trem até Adana, e de lá seguiram para Aleppo e Beirute, e parecem ter passado cerca de duas semanas no Líbano, pois somente em 21 de novembro encontra-se a anotação *Passage to Jaffa*. Em Jaffa, logo no dia de chegada, por meio do agente dr. Immanuel Benzinger no Franks Hotel, alugaram dois cavalos ao preço de quinze francos para a viagem de doze horas da costa até Jerusalém. A bagagem seguiu na frente, de trem. Na madrugada do dia 25, Cosmo e Ambros já estão a caminho pelos laranjais e

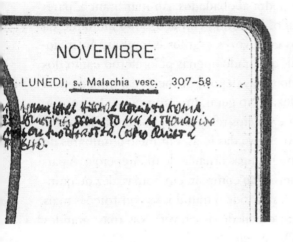

além, no rumo sudeste, passando pela planície de Sharon na direção das montanhas da Judeia. Pela Terra Santa, escreve Ambros, muitas vezes bem afastados da trilha. Os rochedos ao redor cintilam brancos na luz. Por longos trechos nenhuma árvore, nenhum arbusto, mal um pobre tufo de erva daninha. Cosmo bastante taciturno. Céu escuro. Grandes nuvens de pó rolam pelos ares. Terrível desolação e vazio. No final da tarde, o tempo abre novamente. Um brilho rosa paira sobre o vale, e por uma abertura no terreno montanhoso avistamos ao longe a cidade prometida — *a ruined and broken mass of rocks, the Queen of the desert...* Uma hora após o cair da noite, entramos a cavalo no pátio do Hotel Kaminitz na Jaffa Road. O *maître d'hotel*, um pequeno francês de brilhantina, extremamente surpreso, de fato *scandalisé* à vista desses recém-chegados cobertos de pó, estuda nossos registros de entrada balançando a cabeça. Só quando lhe peço para cuidar que os cavalos sejam bem tratados é que se lembra de seus deveres e se desincumbe de tudo o mais depressa possível. A decoração dos quartos é altamente peculiar. Não se sabe dizer em que época ou parte do mundo se está. Vista de um lado para telhados de pedra abobadados. Ao luar branco, parecem um mar congelado. Profundo cansaço, sono até tarde da manhã. Vários sonhos com vozes e gritos estranhos. Ao meio-dia, silêncio sepulcral, quebrado apenas pelo eterno canto dos galos. — Hoje, lê-se dois dias depois, primeira caminhada pela cidade e pelas redondezas. No geral, uma impressão horrorosa. Vendedores de suvenir e objetos religiosos quase em todas as casas. Ficam sentados no escuro das lojas, em meio a milhares de entalhes de oliveira e bugigangas ornadas de madrepérola. A partir do final do mês os fiéis virão comprar, em hordas, dez ou quinze mil peregrinos cristãos de todo o mundo. As construções mais recentes de uma feiura difícil de descrever. Nas ruas, grandes quantidades de lixo. *On marche sur des merdes!!!* Calcário pulverizado até o tornozelo em alguns lugares. As poucas plantas sobreviventes à seca que durou até maio cobertas por essa farinha de pedra como se por uma terrível praga. *Une malédiction semble planer sur la ville.* Decadência, nada mais que decadência, marasmo e vazio. Nenhum sinal de alguma atividade ou indústria. Passamos somente por uma fábrica de sebo e sabão e um depósito de ossos e couro. Ao lado deste, numa praça ampla, o local para enterrar os animais esfolados. No meio um grande buraco. Sangue coagulado, montes de entranhas, tripas marrons enegrecidas, secas e esturricadas ao sol... De resto, uma igreja atrás da outra, mosteiros, estabelecimentos religiosos e filantrópicos de toda espécie e denominação. Ao norte ficam a catedral russa, o albergue russo para homens e mulheres, o hospital francês de

St. Louis, o abrigo judeu para cegos, a igreja e o albergue Santo Agostinho, a escola alemã, o orfanato alemão, o asilo alemão para surdos-mudos, a School of the London Mission to the Jews, a igreja abissínia, the Anglican Church, College and Bishop's House, o mosteiro dominicano, o seminário e a igreja de St. Stephan, o Instituto Rothschild para Meninas, a Escola Profissionalizante da Alliance Israélite, a igreja de Notre Dame de France e, junto ao tanque de Betesda, o convento de St. Anna; no monte das Oliveiras ficam a Torre Russa, a capela da Ascensão, a igreja francesa do Pater Noster, o convento das carmelitas, o prédio da Fundação Imperatriz Augusta Victoria, a igreja ortodoxa de Santa Maria Madalena e a basílica da Agonia; ao sul e a oeste se encontram o monastério armênio Monte Sião, a Escola Protestante, a colônia das Irmãs de São Vicente, o hospício dos Cavaleiros de São João, o convento das clarissas, o asilo Montefiore e o leprosário morávio. Dentro da cidade murada, finalmente, há a igreja e a residência do patriarca latino, o Domo da Pedra, a escola dos Frères de la Doctrine Chrétienne, a escola e tipografia da irmandade franciscana, o monastério cóptico, o hospício alemão, a igreja evangélica alemã do Redentor, a chamada United Armenian Church of the Spasm, o Couvent des Sœurs de Zion, o asilo austríaco, o monastério e seminário da irmandade da missão argelina, a igreja de Sant'Anna, o hospício judeu, as sinagogas asquenazes e sefarditas e a igreja do Santo Sepulcro, sob cujo portal um homenzinho aleijado com um nariz descomunal nos ofereceu seus serviços de guia pelo emaranhado de naves laterais e transeptos, capelas, santuários e altares. Vestia uma sobrecasaca amarela, de tom vivo, que a meu ver remontava aos idos do século passado, e suas pernas tortas estavam metidas no que antes fora um culote de dragão, guarnecido com rolotês azul-celeste. Com passinhos miúdos, sempre meio virado para nós, ele avançava dançando à nossa frente e falava sem parar numa língua que imaginava provavelmente ser alemão ou inglês, mas que na verdade fora inventada por ele próprio e, ao menos para mim, era totalmente incompreensível. Sempre que seu olho encontrava com o meu, sentia-me desprezado e frio como um cão de rua.

Mais tarde também, do lado de fora da igreja do Santo Sepulcro, constante opressão e angústia. Não importa a direção que tomávamos, os caminhos levavam sempre à beira de uma das vertentes íngremes que cortam a cidade e caem abruptamente até os vales. As vertentes estão hoje em boa parte repletas dos escombros de um milênio, e por todo lado o esgoto escorre a céu aberto até embaixo. Como resultado, a água de inúmeras fontes se tornou impotável. Os antigos tanques de Siloam não passam agora de poças e cloacas malsãs, de cujo lodaçal sobe o miasma, provavelmente a causa das epidemias que se declaram aqui quase todo verão. Cosmo diz repetidas vezes que essa cidade lhe causa enorme aversão.

Em 27 de novembro, Ambros registra que foi ao estúdio fotográfico Raad na Jaffa Road e, a pedido de Cosmo, tirou um retrato seu com as suas novas roupas árabes listradas. À tarde, prossegue, fora da cidade, no monte das Oliveiras. Passamos por

uma vinha que secou. Sob as cepas pretas, a terra cor de ferrugem, exausta e chamuscada. Mal se vê uma oliveira selvagem, uma sarça ou um pequeno hissopo. Lá em cima, na crista do monte das Oliveiras, corre uma trilha de cavalo. Para além do vale de Josafá, onde dizem que no final dos tempos a humanidade inteira se reunirá em pessoa, a cidade silenciosa se ergue do calcário branco com suas cúpulas, ameias e ruínas. Sobre os telhados nenhum som, nenhum traço de fumaça, nada. Em parte alguma, até onde a vista alcança, enxerga-se um ser vivo, um animal caminhando à toa ou mesmo o menor dos pássaros em voo. *On dirait que c'est la terre maudite...* Do outro lado, a uma profundidade com certeza de mais de mil metros, o rio Jordão e uma parte do mar Morto. Tão claro, tão fino e transparente é o ar que, sem pensar, a pessoa estende a mão para apanhar os tamariscos lá embaixo, na margem do rio. Nunca antes havíamos sido banhados por semelhante torrente de luz! Um pouco mais abaixo, encontramos um local de descanso numa depressão da montanha onde crescem um buxozinho mirrado e uns arbustos de absinto. Ficamos lá reclinados nos rochedos por um bom tempo, sentindo como tudo escurece... De noite, estudei o guia comprado em Paris. No passado, lê-se, Jerusalém apresentava outro aspecto. Nove décimos dos esplendores do mundo se reuniam nessa suntuosa cidade. Caravanas do deserto traziam especiarias, pedras preciosas, seda e ouro. Mercadorias chegavam em abundância pelos portos marítimos de Jaffa e Ascalom. Artes e ofícios estavam em pleno florescimento. Diante dos muros, estendiam-se jardins cuidadosamente cultivados, o vale de Josafá era coberto de cedros, havia riachos, fontes, lagos de peixes, canais profundos e por toda parte sombra fresca. E então veio a época da destruição. Toda colônia ao redor, a quatro horas de distância ou mais, foi aniquilada, os sistemas de irrigação arruinados, árvores e arbustos cortados, queimados e extirpados até o último toco. Durante anos a fio, o projeto dos Césares de tornar ali a vida impossível foi executado de acordo com os planos, e mesmo mais tarde Jerusalém foi repetidamente atacada, libertada e pacificada, até que por fim a desolação foi completa e nada mais restou da incomparável riqueza da Terra Prometida a não ser a pedra árida e uma remota ideia na cabeça de seus habitantes, agora dispersos pelo mundo afora.

4 de dezembro: Noite passada, sonhei que Cosmo e eu cruzávamos o reluzente vazio do vale do Jordão. Um guia cego caminha à frente. Aponta seu cajado para uma mancha escura no horizonte e grita várias vezes seguidas, *er-Riha, er-Riha*. Quando nos aproximamos, er-Riha se revela uma aldeia imunda, rodeada

de areia e pó. A população inteira se reuniu na orla do vilarejo, à sombra de um moinho de açúcar dilapidado. A impressão é de que consiste exclusivamente em mendigos e salteadores. Porção notável deles vergada pela gota, corcunda e prostrada. Outros têm lepra ou bócios gigantescos. Agora vejo, são todos pessoas de Gopprechts. Nossos acompanhantes árabes disparam suas espingardas longas para o ar. Passamos a cavalo, seguidos por olhares malévolos. Ao pé de uma colina chata, as tendas pretas são armadas. Os árabes acendem um foguinho e cozinham uma sopa verde-escura de malva judaica e folhas de menta, da qual nos trazem um pouco numa tigela de lata, com fatias de limão e grãos moídos. A noite cai rápido. Cosmo acende a lâmpada e estende seu mapa sobre o tapete colorido. Indica um dos vários espaços em branco e diz: Estamos agora em Jericó. O oásis tem quatro horas a pé de comprimento e uma hora a pé de largura, e é de uma beleza tão rara como talvez apenas o pomar do paraíso de Damasco — *le merveilleux verger de Damas*. A gente daqui tem tudo de que precisa. O que quer que se semeie, cresce imediatamente no solo macio e fértil. Os jardins florescem em esplendor eterno. Nos claros bosques de palmeiras oscila o trigo verdejante. O ardor do verão é amenizado pelos numerosos cursos d'água e pelas várzeas, pela copa das árvores e pelas folhas de parreira sobre os caminhos. Os invernos são tão brandos que os moradores dessa terra abençoada não precisam usar mais que simples camisas de linho, mesmo quando as montanhas da Judeia, que não ficam longe, estão brancas de neve. — Uma série de páginas em branco se segue à descrição do sonho de er-Riha na agenda. Durante esse tempo, Ambros deve ter se ocupado principalmente com o recrutamento de uma pequena tropa de árabes e com a aquisição de equipamentos e provisões necessários para uma expedição ao mar Morto, pois em 16 de dezembro ele escreve: Deixamos três dias atrás Jerusalém, abarrotada com hordas de peregrinos, e descemos a cavalo pelo vale do Cedron até a região mais baixa do mundo. Então, no sopé das montanhas Yeshimon, seguimos ao longo do mar até Ain Jidy. Em geral se faz uma ideia dessas praias como destruídas por tempestades de fogo e enxofre, reduzidas a sal e cinzas há séculos. Do mar Morto, que é quase do mesmo tamanho que o Lac Léman, eu próprio ouvi falar que era imóvel como chumbo derretido, mas às vezes sua superfície agitava-se numa espuma fosforescente. Pássaro nenhum, diziam, pode cruzá-lo voando sem se sufocar no ar, e em noites de lua cheia, segundo outros relatos, sobe de suas profundezas um brilho tumular, da cor do absinto. Não encontramos confirmação para nada disso. Pelo contrário, o mar tem um espelho d'água maravilhosamente transparente, e a rebentação quebra murmurante nas praias. No terreno elevado à direita, há despenhadeiros dos quais emergem riachos. Digna de nota é uma misteriosa linha branca que aparece de manhã cedo e corta o mar em seu comprimento, tornando então a desaparecer algumas horas mais tarde. Ninguém, diz Ibrahim Hishmeh, nosso guia árabe, sabe a explicação nem a causa para tanto. Ain Jidy ela própria é uma localidade abençoada com água mineral pura e vegetação rica. Erguemos nosso acampamento perto de uma touceira na margem, onde narcejas se empoleiram e canta o pássaro bulbul, de plumagem azul e marrom e bico vermelho. Acho que vi ontem uma grande lebre escura e uma borboleta com asas sarapintadas de ouro. De noite, quando estávamos sentados lá embaixo na praia, Cosmo disse que, um dia, toda a terra de Zoar na margem esquerda fora assim. Lá onde agora restavam apenas vestígios tênues das cinco cidades castigadas, Gomorra, Ruma, Sodoma, Seadé e Seboá, lá cresciam outrora os oleandros a seis metros de altura junto a leitos de rio que jamais secavam, e havia florestas de acácias e algodões-de-seda como na Flórida. Pomares irrigados e campos de melão se estendiam a perder de vista, e do desfiladeiro de Wadi Kerek, assim ele lera no explorador Lynch, descia uma torrente da floresta com estrondo assustador, só mesmo comparável ao do Niágara. — Na terceira noite de nossa temporada em Ain Jidy, um vento forte se ergueu lá longe sobre o mar e encapelou as águas pesadas. Em terra estava mais calmo. Os árabes dormiam fazia tempo ao lado dos cavalos. Eu ainda estava sentado em nossa barraca, aberta para o céu, à luz da lanterna vacilante. Cosmo, ligeiramente enrodilhado, cochilava a meu lado. Súbito uma codorna, assustada talvez com a tempestade no mar, buscou refúgio em seu colo e lá permaneceu, como se estivesse no lugar que lhe cabia por direito. Mas ao romper do dia, quando Cosmo se mexeu, ela saiu correndo rápido, como fazem as codornas, sobre o chão liso, alçou-se no ar, bateu as asas por um instante com tremenda velocidade, estendeu-as então rígidas e imóveis e planou numa formidável curva sobre um pequeno matagal, e se foi. Era pouco antes do nascer do sol. Além das águas, a uma distância de cerca de vinte quilômetros, a curva de nível preto-azulada das montanhas árabes de Moab corria junto ao horizonte, só em alguns pontos subindo ou descendo um pouco, de modo que se poderia pensar que a mão do aquarelista tremeu levemente ao pintar.

A última anotação na agenda de meu tio-avô Adelwarth foi feita no dia de santo Estevão. Cosmo, lê-se, foi acometido de uma febre alta depois da volta de Jerusalém, mas já se acha convalescente. Além disso, meu tio-avô nota que no final da tarde do dia anterior começara a nevar e que, ao olhar pela janela do hotel para a cidade que oscilava branca no crescente crepúsculo, pensou bastante no passado. A memória, acrescenta num pós-escrito, muitas vezes me parece uma espécie de estupidez. Torna a cabeça pesada e zonza, como se a pessoa não olhasse em retrospecto pelas linhas de fuga do tempo, mas de uma grande altura para a terra lá embaixo, de uma daquelas torres que se perdem no céu.

MAX FERBER

*Quando anoitece eles vêm
e saem em busca da vida*

Até meus vinte e dois anos, nunca me afastei de casa mais do que cinco ou seis horas de trem, e por isso, quando no outono de 1966 decidi, por diversas razões, mudar-me para a Inglaterra, eu mal tinha uma ideia apropriada de como era o país e como eu, dependendo apenas de mim mesmo, me arranjaria no estrangeiro. Talvez tenha sido graças à minha inexperiência que eu tenha sobrevivido sem grande receio às duas horas de voo noturno de Kloten a Manchester. Havia somente alguns poucos passageiros a bordo, que, envoltos em seus casacos, estavam sentados bem afastados uns dos outros na penumbra e, como imagino me lembrar, no corpo bastante frio do avião. Se hoje — quando em geral a pessoa sai do sério com o pavoroso aperto entre os passageiros e com a exagerada solicitude do pessoal de bordo — não é raro eu ser assaltado por um medo de voar quase incontrolável, na época o fato de cruzar uniformemente os ares noturnos me enchia de uma sensação (que hoje sei falsa) de segurança. Depois de cruzarmos a França e o canal da Mancha, imersos na escuridão, olhei cheio de espanto para a rede de luzes lá embaixo, que se estendia dos subúrbios mais ao sul de Londres até as Midlands inglesas e cujo brilho de sódio laranja foi para mim o primeiro sinal de que, dali em diante, eu viveria num mundo diverso. Só quando nos aproximamos da região montanhosa a leste de Manchester as cadeias de iluminação pública lentamente se extinguiram. Ao mesmo tempo, de trás de uma parede de nuvens que cobria todo o horizonte oriental, emergiu o disco pálido da lua, e em seu brilho jaziam agora sob nós as colinas, os cumes e os serros antes invisíveis como um mar vasto e cinza-gelo, movido por uma poderosa correnteza. Com seu range-range e de asas trêmulas, a aeronave pelejava para descer das alturas, até que deslizamos sobre o flanco curiosamente estriado de uma montanha longa e calva, que me parecia próximo o suficiente para tocar e, como um enorme corpo deitado, às vezes subia e descia um pouco à medida que respirava. Numa última curva e sob o ronco cada vez mais forte dos motores, o avião saiu a campo aberto. Agora, pelo menos, teria sido possível reconhecer Manchester em toda a sua extensão. Mas não se via nada a não ser um clarão fraco, como já quase sufocado pela cinza. Um cobertor de nuvem, erguido das planícies pantanosas de Lancashire, que chegam até o mar da Irlanda, estendera-se pela cidade que cobre uma região de milhares de quilômetros quadrados, construída de inúmeros tijolos e habitada por milhões de almas, vivas e mortas.

Embora apenas uma minguada dúzia de passageiros do voo de Zurique tivesse desembarcado no aeroporto de Ringway, levou quase uma hora para que nossa bagagem emergisse das profundezas, e outro tanto para que eu passasse pela alfândega, pois os funcionários, compreensivelmente entediados a essa hora da madrugada, dedicaram-se com uma paciência e exatidão que beiravam o sobrenatural ao caso na época um tanto raro representado pela minha pessoa, um estudante munido de diversos documentos de identidade e cartas de recomendação, que afirmava querer se fixar ali em Manchester e dar seguimento às suas pesquisas. Já eram, portanto, cinco horas quando tomei um táxi que me levaria ao centro da cidade. Ao contrário de hoje, quando a fúria continental dos negócios contaminou também os britânicos, na época ninguém saía às ruas nas cidades inglesas de manhã cedo. Assim, detidos somente por um ou outro semáforo, avançamos ligeiro pelos subúrbios ora mais, ora menos vistosos de Gatley, Northenden e Didsbury até Manchester. O dia estava começando a nascer, e eu olhava espantado para a fileira de casas uniformes, que davam uma impressão de abandono tanto maior quanto mais perto chegávamos do centro. Em Moss Side e Hulme, havia quarteirões inteiros com janelas e portas tapadas e bairros inteiros onde tudo fora demolido, de modo que sobre o terreno baldio assim surgido era possível avistar de longe a cidade miraculosa do século XIX, distante ainda cerca de dois quilômetros, composta principalmente de gigantescos prédios de escritórios e armazéns vitorianos, que, como antes, impressionavam pela sua extrema magnificência, mas que na verdade, como eu logo descobriria, estavam quase todos vazios. À medida que avançávamos pelas vertentes escuras entre os prédios de tijolos, a maioria de seis a oito andares e em parte finamente revestidos de azulejos de cerâmica, revelou-se que mesmo ali, no coração da cidade, não se via viva alma, embora já fossem agora quinze para as seis. Seria lícito supor, de fato, que a cidade fora abandonada havia muito pelos seus moradores e não passava agora de uma única necrópole, de um único mausoléu. O motorista de táxi, a quem eu pedira que me deixasse num hotel (em minhas palavras) não muito caro, me deu a entender que hotéis desse tipo eram raros no centro, mas depois de rodar por aqui e ali virou numa ruela que saía da Great Bridgewater Street, onde estacionou na frente de uma casa que mal tinha duas janelas de largura, em cuja fachada enegrecida de fuligem se lia o nome AROSA em vibrantes letras de neon.

153

Just keep ringing, disse o motorista ao se despedir, e realmente tive de apertar várias vezes e com insistência o botão da campainha até que algo se movesse lá dentro e, depois de alguns ruídos e ferrolhos destravados, a porta fosse aberta por uma senhora que talvez beirasse os quarenta anos, de cabelos loiros cacheados, com um quê de Lorelei. Por um instante, ficamos parados sem palavra um na frente do outro e ambos com a expressão de incredulidade no rosto, eu ao lado de minha mala e ela com seu penhoar cor-de-rosa, feito de um material parecido ao *frotté*, que se encontra em uso somente nos dormitórios das classes baixas inglesas e chamado inexplicavelmente de *candlewick*. Mrs. Irlam — *Yes, Irlam like Irlam in Manchester*, eu a ouviria mais tarde dizer muitas e muitas vezes ao telefone —, mrs. Irlam quebrou o silêncio entre nós com uma pergunta que resumia a um tempo seu sobressalto e a graça que eu lhe inspirava: *And where have you sprung from?*, uma pergunta que ela própria respondeu de pronto, que só um estrangeiro — *an alien*, em suas palavras — apareceria na porta com uma mala como essa e a uma hora dessas numa manhã de Sexta-Feira Santa. Mas então mrs. Irlam virou-se com um sorriso enigmático, que tomei como um sinal de que a seguisse para o interior da casa, e dirigiu-se a um quarto sem janela contíguo à minúscula antessala, no qual uma escrivaninha com tampo de correr pululante de cartas e documentos, um baú de mogno abarrotado de roupas de cama e colchas de *candlewick*, um telefone de parede antediluviano, um quadro de chaves e, numa moldura de verniz preto, uma fotografia em formato grande de uma bela garota do Exército de Salvação levavam uma vida, assim me pareceu, absolutamente autônoma. A garota estava de pé com seu uniforme na frente de um muro coberto de hera e segurava um flugelhorn reluzente na dobra do braço. Embaixo da foto, no passe-partout algo embolorado, lia-se numa letra fluente e fortemente inclinada: *Gracie Irlam, Urmston nr. Manchester,*

17 May 1944. Gracie Irlam me entregou uma chave. *Third floor,* disse e, erguendo as sobrancelhas para indicar o outro lado do vestíbulo, acrescentou ainda: *The lift's over there.* O elevador era tão estreito que só a muito custo eu coube nele com minha mala, e o piso era tão fino que cedia perceptivelmente já sob o peso de um único passageiro. Raramente o utilizei depois disso, embora eu tenha levado um bom tempo até que deixasse de me perder no labirinto de portas corta-fogo, de quartos e toaletes, de corredores sem saída, saídas de emergência, patamares e escadas. O quarto no qual me instalei naquela manhã, e que só desocupei na primavera seguinte, tinha um carpete com amplos motivos florais e um papel de parede violeta, e era mobiliado com um armário de roupas, uma pia e uma cama de ferro, coberta com uma colcha de *candlewick.* Pela janela se via lá embaixo todo tipo de anexo semidestruído com telhado de ardósia e um pátio dos fundos, onde durante aquele outono inteiro os ratos se divertiram, até que, algumas semanas antes do Natal, um pequeno caçador de ratos chamado Renfield apareceu várias vezes seguidas com um baldinho amassado cheio de veneno, que ele distribuía em diversos cantos, arestas, ralos e canos com uma colher de sopa amarrada a uma vara curta, com o que o número de ratos diminuiu consideravelmente em alguns meses. Se a pessoa, porém, não olhasse para o pátio lá embaixo, mas por sobre ele, via, do outro lado de um canal preto, um pedaço do armazém de cem janelas da Great Northern Railway Company, onde às vezes luzes instáveis resvalavam à noite.

O dia de minha chegada ao Arosa, tal como a maioria dos dias, semanas e meses seguintes, foi marcado por um notável silêncio e vazio. Eu passara a manhã desfazendo minha mala e mochila, guardando minhas roupas de cama e peças de roupa e arrumando meus materiais de escrita e demais pertences, até que, cansado pela noite em claro, adormeci em minha cama de ferro, o rosto enterrado na colcha de *candlewick*, que cheirava levemente a sabão de violeta. Só voltei a mim por volta das três e meia, quando mrs. Irlam bateu à porta. Trouxe-me sobre uma bandeja de prata, ao que tudo indica como especial demonstração de boas-vindas, um aparelho elétrico de tipo que me era desconhecido. Tratava-se, como me explicou, de uma chamada *teas-maid*, despertador e máquina de chá ao mesmo tempo.

Quando lhe subia o vapor ao fazer o chá, a engenhoca de aço inoxidável luzidio, montada sobre uma base de metal cor de marfim, parecia uma central elétrica em miniatura, e o mostrador do relógio, como logo se revelou no crepúsculo que baixava, fosforescia num sereno verde-claro que me era familiar da infância e pelo qual sempre me senti inexplicavelmente protegido à noite. Talvez por isso me tenha parecido diversas vezes, ao recordar a época de minha chegada a Manchester, como se fosse o aparelho de chá trazido ao meu quarto por mrs. Irlam, por Gracie — *You must call me Gracie*, dissera ela —, como se fosse o aparelho trazido por Gracie, esse utensílio tão útil quanto extravagante, com seu brilho noturno, seu surdo borbulhar matinal e com sua mera presença de dia, que me manteve agarrado à vida durante um período em que, às voltas como eu estava com uma inexplicável sensação de isolamento, eu poderia muito facilmente ter me afastado da vida. *Very useful, these are*, dissera Gracie não sem razão enquanto me mostrava como operar a *teas-maid* naquela tarde de novembro. Na conversa amistosa que se seguiu à iniciação aos segredos da máquina que Gracie chamava *an electrical miracle*, ela frisou várias vezes que seu hotel era um estabelecimento tranquilo, ainda que de vez em quando se tivesse de tolerar algum vaivém nas horas noturnas. *Sometimes*, disse, *there's a certain commotion. But that need not concern you. It's travelling gentlemen that come and go.* E, de fato, no Hotel Arosa era somente após o horário comercial que as portas se abriam e as escadas rangiam e a pessoa encontrava um dos hóspedes mencionados por Gracie, sujeitos apressados que vestiam quase sem exceção casacos ou impermeáveis puídos de gabardine. Só lá pelas onze da noite o barulho cessava e desapareciam também as senhoras espalhafatosas, às quais Gracie se referia exclusivamente e sem o menor traço de ironia com um termo genérico obviamente cunhado por ela própria, *the gentlemen's travelling companions.*

A agitação comercial que reinava no Arosa todas as noites de semana extinguia-se em geral na noite de sábado, tal como a vida inteira no centro. Interrompida só raras vezes por clientes esparsos, os chamados *irregulars*, Gracie sentava-se à escrivaninha com tampo de correr em seu escritório e fazia a contabilidade. Alisava tão bem quanto podia as notas de libra cinza-esverdeadas e as cédulas vermelho-tijolo de dez xelins, punha umas em cima das outras cuidadosamente e, num murmúrio conjuratório, contava-as até que o resultado fosse confirmado ao menos duas vezes. Empilhava com meticulosidade não menor as moedas, das quais sempre se juntava uma quantidade considerável, em pequenas, dali a pouco grandes, colunas de cobre, bronze e prata, antes de proceder ao cômputo geral, coisa que fazia mediante um processo meio manual, meio matemático, primeiro convertendo o sistema duodecimal das moedas de pêni, *three-penny* e *sixpence* em xelins, e depois o sistema vigesimal de xelins, florins e meias coroas em libras. A conversão final que se seguia, do total em libras assim resultante em unidades de vinte e um xelins, ou seja, em guinéus, que na época ainda eram correntes nos negócios de qualidade, sempre se revelava a parte mais difícil da operação financeira, mas ao mesmo tempo seu indubitável coroamento. Junto com data e assinatura, Gracie notava a quantia em guinéus em seu livro-razão e acondicionava o dinheiro num cofre compacto da firma Pickley & Patricroft, embutido na parede ao lado da escrivaninha. Aos domingos, Gracie saía invariavelmente de casa de manhã cedo com uma pequena maleta de verniz, para retornar então, de modo igualmente invariável, ao meio-dia de segunda-feira.

Quanto a mim, naqueles domingos no hotel completamente deserto eu era toda vez assaltado por uma sensação tão avassaladora de desorientação e futilidade que, ao menos para ter a ilusão de um certo norte, me punha a caminho da cidade, onde então, no entanto, vagava sem rumo entre os prédios monumentais do século XIX, enegrecidos pela ação do tempo. Nessas andanças, durante as poucas horas de autêntica claridade do dia nas quais a luz de inverno inundava as ruas e praças desertas, eu não cansava de me admirar da escrupulosidade com que a cidade cor de antracito, da qual o programa de industrialização se espalhou para o mundo inteiro, exibia ao observador os vestígios de seu empobrecimento e degradação agora evidentemente crônicos. Mesmo os edifícios mais colossais, o Royal Exchange, a Refuge Assurance Company, o Grosvenor Picture Palace e até o Piccadilly Plaza, inaugurado somente poucos anos antes, pareciam tão ermos e vazios que a pessoa poderia supor estar rodeada de uma arquitetura de fachada ou de cenário teatral, erguida por razões misteriosas. E tudo me parecia absolutamente irreal quando no crepúsculo da tarde, que naqueles sombrios dias de dezembro já podia baixar às três horas, os estorninhos, por mim considerados até então como aves canoras migratórias, irrompiam às centenas de milhares sobre a cidade em nuvens escuras e, sob uma gritaria incessante, empoleiravam-se colados uns aos outros nos frisos e chapéus de muro de armazéns e depósitos, para passar a noite.

Pouco a pouco, minhas excursões dominicais me levaram a distritos vizinhos para além do centro, como por exemplo o antigo bairro judeu ao redor do presídio em forma de estrela Strangeways, logo atrás da Victoria Station. Até o entre guerras um centro da grande comunidade judaica de Manchester, esse bairro fora abandonado pelos moradores, que haviam se mudado para os subúrbios, e desde então vinha sendo demolido pela municipalidade. Encontrei de pé somente uma única fileira de casas vazias, pelas janelas e portas das quais o vento soprava, e, como sinal de que ali de fato houvera alguém antes, a tabuleta mal decifrável de um escritório de advocacia com os nomes Glickmann, Grunwald e Gottgetreu, que me soavam lendários. Também nos distritos de Ardwick, Brunswick, All Saints, Hulme e Angel Fields,

que confinavam ao sul com o centro, quilômetros quadrados inteiros de moradia operária haviam sido postos abaixo pelas autoridades, de modo que, após removido o entulho, apenas o traçado retangular das ruas permitia deduzir que, um dia, ali tinham levado sua vida milhares de pessoas. Quando a noite descia nesses campos vastos, que eu chamava comigo de Elísios, fogueiras começavam a tremeluzir aqui e acolá, ao redor das quais crianças se deixavam ficar ou saltitavam, instáveis figuras de sombra. Aliás, no terreno aberto que se estendia que nem um *glacis* ao redor do centro, não se encontravam senão crianças, que andavam por ali em pequenos grupos, em bandos ou então sozinhas, como se não tivessem outro lar. Lembro-me de que certa vez, num final de tarde de novembro, quando a névoa branca já começara a subir do chão, dei de cara com um garotinho que, num cruzamento em meio ao descampado de Angel Fields, trazia consigo num carrinho um judas estofado com trapos e que pediu a mim, a única pessoa que afinal passava por essa região na época, um pêni para seu companheiro mudo.

Foi no início do ano seguinte, se bem me lembro, que me aventurei pela primeira vez fora da cidade, na direção sudoeste, passando por St. George e Ordsall, margeando o canal por sobre o qual eu podia avistar, do meu quarto, o armazém da Great Northern Railway Company. Nesse dia radiante de claro, a água brilhava negra em seu leito orlado de pesados blocos de cantaria e espelhava as nuvens brancas que varriam o céu. Estava tudo tão inconcebivelmente calmo que, como agora imagino lembrar, eu ouvia os suspiros nos depósitos e armazéns vazios, e tomei um tremendo susto quando, de repente, com guinchos frenéticos, algumas gaivotas saíram voando para a luz, da sombra de um dos edifícios altos. Passei por um gasômetro desativado havia tempo, por um depósito de carvão, um moinho de ossos e pelo que me pareceu a infindável grade de ferro fundido do abatedouro de

Ordsall, um castelo gótico feito de tijolos cor de fígado, com parapeitos e ameias e inúmeros torreões e portadas, a vista do qual fez com que me ocorresse absurdamente, como uma piada de mau gosto, o nome Haeberlein & Metzger, os fabricantes de *Lebkuchen* de Nuremberg, e esse nome não me saiu mais da cabeça pelo resto do dia. Depois de três quartos de hora, cheguei

às docas do porto. Bacias com quilômetros de comprimento aqui se ramificavam, num grande arco, do Ship Canal à medida que este entrava na cidade e formavam amplos braços e superfícies de água nos quais, como se podia ver, nada mais se movia fazia anos e onde os poucos batelões e cargueiros atracados ao cais, que pareciam estranhamente abatidos, despertavam a ideia de uma avaria universal e definitiva. Perto das comportas à boca do porto, numa rua que ia das docas até Trafford Park, deparei com uma placa na qual TO THE STUDIOS fora pintado em pinceladas toscas. Indicava o caminho para um pátio calçado, no meio do qual, rodeada por um pequeno gramado, havia uma amendoeira em flor. O pátio deve ter pertencido, antigamente, a uma empresa de transportes, pois era em parte cercado de estábulos e cocheiras no térreo, em parte por edifícios de um a dois andares que antes tinham sido lares e escritórios, e num desses edifícios aparentemente desertos fora instalado um ateliê que, nos meses seguintes, visitei com tanta frequência quanto supunha aceitável, para conversar com o pintor que ali trabalhava desde o final dos anos 40, dez horas por dia, o sétimo dia inclusive.

Quem entrasse no ateliê precisava de um tempo considerável até acostumar os olhos às curiosas condições de luz lá reinantes, e quando começava a enxergar de novo era como se tudo nesse espaço impenetrável à vista, que media talvez doze metros por doze, tendesse de maneira tão lenta quanto inelutável para o centro. A escuridão reunida nos cantos, as nódoas de sal do reboco de cal intumescido e a pintura que esfarelava das paredes, as estantes abarrotadas de livros e pilhas de jornal, as caixas, as bancadas e mesinhas, a *bergère*, a estufa a gás, o colchão, a mixórdia dos montes de papel, louça e outros materiais, os potes de tinta que cintilavam carmesins, verdes-gaios e brancos-chumbo na penumbra, as chamas azuis dos dois aquecedores de parafina, toda a mobília avançava milímetro a milímetro para o centro, onde Ferber instalara seu cavalete na luz cinza que incidia da janela alta virada para o norte, coberta com o pó de décadas. Como ele aplicava as tintas em grandes quantidades e as raspava da tela repetidamente no curso do trabalho, o piso estava coberto de uma crosta misturada a pó de carvão já bem endurecida, com vários centímetros de espessura no centro, nas bordas gradualmente mais fina, que parecia em partes uma torrente de lava e da qual Ferber afirmava representar o verdadeiro resultado de seus esforços continuados e a prova mais cabal de seu fracasso. Sempre lhe fora da maior importância, disse Ferber certa vez de passagem, que nada mudasse em seu local de trabalho, que tudo permanecesse como era antes, como ele arrumara, como estava agora, e que nada fosse acrescentado a não ser o detrito que caía da pintura dos quadros e o pó que baixava sem cessar e que lhe era, como compreendia lentamente, a coisa mais cara deste mundo. O pó, disse, lhe era muito mais próximo que a luz, o ar e a água. Nada lhe era tão insuportável quanto uma casa onde se tira o pó, e não havia lugar no qual se sentisse melhor do que onde as coisas podiam ficar sem ser perturbadas, sob o aveludado sedimento cinza que surge quando a matéria, sopro a sopro, se dissolve no nada. De fato, quando vi Ferber trabalhar semanas a fio num de seus estudos de retrato, pensei comigo várias vezes que lhe importava sobretudo aumentar o pó. Seu desenhar vigoroso e devotado, no qual costumava consumir em brevíssimo tempo meia dúzia de carvões de salgueiro, esse desenhar e esfumar sobre o papel grosso e coriáceo, assim como o simultâneo processo de apagar constantemente o que havia desenhado com um trapo de lã já totalmente encardido de carvão, era na verdade uma única produção de pó, que só se interrompia à noite. Eu não cansava de me admirar de como Ferber, ao final de um dia de trabalho, produzia um retrato de grande vividez com as poucas linhas e sombras que haviam escapado à destruição, e muito mais me admirava quando, na manhã seguinte, tão logo o modelo assumisse sua pose e ele lhe lançasse um primeiro olhar, tornava a apagá-lo, a fim de escavar novamente do pano de fundo, já bastante danificado pelos incessantes estragos, os traços do rosto e os olhos em última análise (como ele dizia) incompreensíveis de seu modelo, que costumava ficar não pouco aflito com esse processo de trabalho. Se Ferber, depois de rejeitar umas quarenta variantes ou tornar a esfregá-las no papel e cobri-las com mais esboços, decidisse finalmente largar mão do quadro, menos por estar convencido de tê-lo acabado do que por uma sensação de cansaço, a impressão do observador era de que a figura evoluíra de uma longa estirpe de rostos cinza, convertidos em borralha, cuja presença fantasmagórica ainda rondava o papel esfolado.

Em regra, Ferber passava as manhãs antes de começar o trabalho e as noites depois de deixar o estúdio num chamado *transport café* situado à margem do Trafford Park, cujo nome, Wadi Halfa, me era vagamente familiar. Provavelmente não possuía nenhuma licença e funcionava nos porões de um prédio de resto desocupado, ameaçado de desabamento. Durante os três anos que passei em Manchester, ao menos uma vez por semana eu visitava Ferber nesse singular restaurante, e logo passei a consumir quase com a mesma indiferença que ele os pratos aterradores, meio ingleses, meio africanos, preparados com uma incomparável elegância apática pelo cozinheiro do Wadi Halfa, numa estrutura montada atrás do balcão que parecia uma cozinha de campanha. Com um único movimento fluido, como em câmera lenta, de sua mão esquerda — a direita estava sempre no bolso da calça —, era capaz de apanhar dois ou três ovos da caixa, quebrá-los na frigideira e fazer desaparecer as cascas no cesto de lixo. Ferber contou-me que esse cozinheiro do Wadi Halfa, que tinha quase dois metros de altura e beirava os oitenta, fora outrora um chefe massai cujas peregrinações, ele não sabia direito por quais desvios, o tinham levado nos anos do pós-guerra das regiões no sul do Quênia até o norte da Inglaterra, onde logo se apropria-ra dos rudimentos da culinária local e trocara o nomadismo pelo seu atual ganha-pão. Quanto aos garçons, notavelmente nume-rosos em comparação com a escassa clientela, que ficavam de pé ou sentados pelos cantos no Wadi Halfa com uma expressão de extremo tédio, Ferber me assegurou que consistiam sem exce-ção nos filhos do chefe, o mais velho dos quais devia estar apro-ximadamente com pouco mais de sessenta anos, o mais novo com doze ou treze. Como cada um era tão esbelto e magro quanto o outro e todos ostentavam o mesmo desprezo no belo rosto de feições harmônicas, mal se podia distingui-los, tanto mais que se revezavam a intervalos irregulares, de modo que o quadro de garçons em serviço estava em constante mudança. Ferber, no entanto, com base em observações mais precisas e numa pos-sível identificação pelas diferenças de idade, sustentava poder restringir o número de garçons ao total de doze, nem mais nem menos, ao passo que eu nem sequer de longe era capaz de ima-ginar aqueles ausentes em dado momento. Mulheres, aliás, não encontrei nem uma única vez no Wadi Halfa, nem as que se po-deriam reconhecer como do chefe ou de seus filhos, nem entre a clientela, composta principalmente de operários das empresas de demolição contratadas em todo o Trafford Park, de caminho-neiros, lixeiros e demais da população itinerante.

A toda hora do dia e da noite, o Wadi Halfa era banhado por uma luz de neon oscilante, deslumbrante ao extremo, e, quando relembro nossos encontros em Trafford Park, vejo Ferber sob essa iluminação impiedosa, que não consentia a menor sombra, sem-pre sentado no mesmo lugar, diante de um afresco pintado por mão desconhecida, que mostrava uma caravana avançando das profundezas mais remotas do quadro, sobre colinas onduladas de dunas, e vindo bem na direção do observador. Devido à inaptidão do pintor e à perspectiva difícil que escolhera, as figuras humanas e os animais de carga estavam ligeiramente distorcidos em seus contornos, de modo que, quando semicerrava os olhos, era de fato como se a pessoa visse uma miragem tremulando na claridade e no calor. E especialmente nos dias em que Ferber trabalhara com carvão e o pó fino lhe impregnava a pele com um brilho metálico, minha impressão era de que acabara de sair da cena do deserto ou que fazia parte dela. Ele próprio observou certa vez, estudando a cintilação da grafite nas costas das mãos, que em seus sonhos, tanto acordado quanto dormindo, já cruzara todos os desertos de pedra e de areia desta terra. Aliás, continuou, evitando maiores explicações, o enegrecimento de sua pele o fazia lembrar de uma nota de jornal com que topara recentemente, sobre os sintomas não incomuns da intoxicação por prata entre fotógrafos profissionais. De acordo com a nota, o arquivo da Associação Médica Britânica continha, por exemplo, a descrição de um caso extremo de tal intoxicação, segundo a qual houvera nos anos 30 em Manchester um assistente de laboratório fotográfico cujo corpo, no extenso curso de sua vida profissional, absorvera tanta prata que ele se tornara uma espécie de chapa fotográfica, o que ficava patente no fato, como Ferber me explicou com toda a seriedade, de que o rosto e as mãos do sujeito ficavam azuis sob luz forte, ou, digamos assim, eram revelados.

Numa tarde de verão de 1966, nove ou dez meses depois de minha chegada a Manchester, Ferber caminhava comigo pela margem do Ship Canal, passando pelos bairros de Eccles, Patricroft e Barton upon Irwell, situados do outro lado da água preta, na direção do sol poente e dos subúrbios desfigurados, onde ocasionalmente se abriam vistas que davam uma ideia dos charcos e pântanos que ali se estendiam até meados do século XIX. O Ship Canal, contou-me Ferber, foi iniciado em 1887 e concluído em 1894, e a obra foi realizada em grande parte por um exército de operários irlandeses continuamente reforçado, que no correr desse período movimentou algo como sessenta milhões de metros cúbicos de terra e construiu as comportas imensas por meio das quais os gigantescos vapores oceânicos, com seus cento e cinquenta metros de comprimento, podiam ser erguidos ou baixados em cinco ou seis metros. Manchester, tida na época em todos os países como uma Jerusalém industrial, insuperável em espírito empreendedor e veia progressista, disse Ferber, subiu além disso à condição de maior porto interior do mundo com a conclusão do gigantesco projeto do canal, e vapores da Canada & Newfoundland Steamship Company, da China Mutual Line, da Manchester Bombay General Navigation Company e de inúmeras outras companhias de navegação atracaram ombro a ombro nas docas perto do centro da cidade. Nunca paravam de descarregar e carregar — trigo, salitre, madeira de construção, algodão, borracha, juta, óleo, óleo de baleia, tabaco, chá e café, açúcar de cana, frutas exóticas, cobre e minério de ferro, aço, máquinas, mármore e mogno —, enfim, tudo aquilo que acaso fosse preciso, processado ou produzido em semelhante metrópole industrial. O tráfego de navios atingiu seu auge por volta de 1930, mas depois decaiu irreversivelmente, até cessar por completo lá pelo final dos anos 50. Em face da imobilidade e do silêncio tumular que agora pairava sobre o canal, já era quase impossível imaginar, disse Ferber enquanto olhávamos a cidade lá atrás imergindo nas sombras noturnas, que ele próprio ainda vira passar ali, nos anos seguintes à última guerra, cargueiros de dimensões descomunais. Deslizavam lentamente em sua via fluvial, e deslizavam, ao se aproximar do porto, em meio a casas cujos telhados de ardósia preta eles excediam muito em altura. E quando no inverno, sem que a pessoa pressentisse sua aproximação, emergiam de repente da névoa, passavam silenciosos e logo em seguida desapareciam outra vez no ar branco, isso para mim, disse Ferber, era sempre um espetáculo inconcebível, que por alguma razão me comovia profundamente. Não recordo mais em qual ocasião Ferber me fez uma descrição extremamente breve de sua vida, mas creio me lembrar de que respondeu apenas a contragosto a minhas perguntas sobre essa descrição e a respeito de seu passado. Ferber chegara a Manchester no outono de 1943, então um estudante de arte com dezoito anos de idade, mas já depois de alguns meses, no início de 1944, fora convocado pelo Exército. A única coisa digna de nota em sua primeira breve temporada em Manchester, disse Ferber, foi o fato de que se instalou então na Palatine Road, nº 104, e portanto na mesma casa em que em 1908, como nesse meio-tempo

se tornou notório através de diversos escritos biográficos, o estudante de engenharia Ludwig Wittgenstein, então com vinte anos, tivera seu apartamento. Esse laço retrospectivo com Wittgenstein era puramente ilusório, sem dúvida, mas nem por isso, disse Ferber, significava menos para ele; aliás lhe parecia às vezes como se estivesse cada vez mais ligado àqueles que o haviam precedido, e, por esse motivo, sempre que imaginava o jovem Wittgenstein debruçado sobre o esboço de uma câmara de combustão variável, ou testando uma pipa construída por ele mesmo nas charnecas de Derbyshire, experimentava também uma sensação de fraternidade que remontava a muito além de sua própria época e do passado remoto. Prosseguindo em seu relato, Ferber disse que, após seu treinamento militar básico em Catterick, numa região abandonada por Deus no condado de Yorkshire, ele se oferecera como voluntário num regimento de tropas paraquedistas, na expectativa de entrar em ação antes do final da guerra, que já se delineava com alguma clareza. Mas essa expectativa foi frustrada por uma icterícia e pela transferência para um abrigo de convalescentes instalado no Palace Hotel em Buxton, onde se viu obrigado a passar mais de meio ano, carcomido pela raiva, como disse Ferber sem maiores explicações, no idílico balneário de Derbyshire, até seu completo restabelecimento. Tinha sido uma época particularmente ruim para ele, uma época que mal pudera suportar e sobre a qual só a custo entraria em detalhes. Seja como for, no início de maio de 1945, com o certificado de dispensa no bolso, ele havia percorrido a pé os cerca de quarenta quilômetros até Manchester, para lá retomar seus estudos de arte. Ainda hoje lhe era presente, com absoluta clareza, como descera da fímbria de um pântano depois da caminhada primaveril em meio a sol e aguaceiro e, de uma última ribanceira, tivera uma vista aérea da cidade espraiada à sua frente, onde desde então levava sua vida. Limitada de três lados por cadeias de montanhas, lá estava a cidade como na base de um anfiteatro telúrico. Sobre a baixada a oeste, uma nuvem de formação curiosa estendia-se até o horizonte, e ao largo de suas bordas incidiam os raios de sol, iluminando por uns instantes todo o panorama como à luz de um único fogo de artifício. Só quando esses fogos de bengala se extinguiram, disse Ferber, seu olho pôde se desviar para o renque de casas escalonado e malhetado fileira por fileira, para as fiações e tinturarias, as caldeiras a gás, as usinas químicas e fábricas de todo tipo, até chegar ao suposto centro da cidade, onde tudo parecia se converter numa massa preta retinta, já impossível de ser diferenciada. O mais impressionante de tudo, claro, disse Ferber, eram as chaminés que se erguiam por toda parte da planície e do labirinto plano de casas, até onde alcançava a vista.

Essas chaminés, disse Ferber, hoje se encontram quase sem exceção demolidas ou desativadas. Mas na época ainda fumavam, às centenas, uma ao lado da outra, dia e noite. Foram essas chaminés, disse Ferber, quadradas e redondas, incontáveis, das quais saía uma fumaça cinza-amarelada, que impressionaram o recém-chegado de forma mais profunda do que tudo que vira até então. Não sou mais capaz de dizer ao certo, disse Ferber, quais pensamentos a vista de Manchester despertou em mim então, mas acredito que tive a sensação de ter encontrado meu destino. Lembro ainda que, quando finalmente fiz menção de seguir adiante, olhei uma última vez lá embaixo para as pastagens verde-musgo que se perdiam na planície muito abaixo do meu ponto de observação, e vi correr uma sombra, uma meia hora depois do pôr do sol, como a de uma nuvem sobre os campos — uma manada de cervos a caminho da noite.

Conforme eu suspeitava na época, continuo até hoje em Manchester, prosseguiu Ferber em sua história. Faz agora vinte e dois anos que cheguei, disse, e a cada dia que passa mais impossível me parece só pensar em mudar de cidade. Manchester tomou posse de mim em definitivo. Não posso e não quero e não devo partir. Até as inevitáveis viagens a Londres uma ou duas vezes por ano por motivos de estudo me oprimem e me inquietam. A espera nas estações, os anúncios pelos alto-falantes, ficar sentado no trem, a paisagem que passa lá fora, tal como antes totalmente estranha para mim, o olhar dos passageiros — tudo isso me é uma tortura. Por isso não estive praticamente em nenhum outro lugar em minha vida, exceto é claro em Manchester, e mesmo aqui costumo ficar semanas sem sair de casa ou do meu ateliê. Só uma vez desde minha juventude fiz uma viagem ao exterior, dois anos atrás, quando fui a Colmar no verão, e de Colmar ao lago Genebra via Basileia. Fazia muito tempo que eu tinha vontade de ver o retábulo de Isenheim pintado por Grünewald, tantas vezes presente ao espírito em meu trabalho de pintor, e especialmente o painel do sepultamento, mas nunca conseguira dominar meu medo de viajar. Fiquei tanto mais admirado, uma vez superado esse medo, de ver como a viagem foi fácil. Do navio, olhando para trás na direção dos rochedos brancos de Dover, imaginei até mesmo que estaria liberto dali em diante, e o percurso de trem pela França, do qual eu estava particularmente receoso, transcorreu também às mil maravilhas. Era um dia bonito, eu tinha todo um compartimento, se não todo o vagão para mim, pela janela afluía o ar, e eu sentia se erguer em mim uma espécie de contentamento festivo. Por volta das dez ou onze da noite cheguei a Colmar, passei uma noite agradável no Hotel Terminus Bristol, na Place de la Gare, e na manhã seguinte fui sem demora ao museu, para dar início ao estudo das pinturas de Grünewald. A visão de mundo extrema desse homem estranho, que penetrava cada detalhe, distorcia todos os membros e se propagava nas cores como uma doença, era plenamente afinada com a minha, como eu sempre soubera e agora encontrava confirmação pela vista. A monstruosidade do sofrimento, que, emanando das figuras representadas, se difundia sobre toda a natureza, para então tornar a refluir das paisagens apagadas sobre os indivíduos marcados pela morte, essa monstruosidade subia e descia agora em mim que nem as marés das águas. Contemplando os cadáveres trespassados e os corpos das testemunhas da execução, vergados pela mágoa como junco, compreendi aos poucos que, além de um determinado grau, a dor suprime seu próprio pressuposto, a consciência, e portanto a si mesma, talvez — sabemos muito pouco a respeito. O certo, porém, é que o sofrimento espiritual é praticamente infinito. Quando se acredita ter atingido o último limite, sempre há novos tormentos. A pessoa cai de abismo em abismo. Naqueles dias em Colmar, disse Ferber, vi tudo em detalhes precisos à minha frente, como uma coisa levara a outra e como fora posteriormente. O fluxo de memória, do qual pouca coisa hoje me resta, iniciou com o fato de eu me lembrar como numa manhã de sexta-feira alguns anos antes eu fora dominado pelo paroxismo de dor que o deslocamento de um disco vertebral pode desencadear, uma dor que até então me era totalmente desconhecida. Eu simplesmente me curvara na direção do gato e, ao me endireitar, o tecido rasgou e o *nucleus pulposus* comprimiu os nervos. Assim, pelo menos, me descreveu mais tarde o médico. Na hora, tudo o que eu sabia era que não devia me mexer mais uma fração de centímetro, que minha vida estava reduzida a esse único ponto imaterial de dor extrema e que só de respirar tudo ficava preto diante dos olhos. Até a noitinha, permaneci em minha posição semiereta no meio da sala. Como consegui dar alguns passos até a parede, depois de baixada a escuridão, e como puxei sobre os ombros a manta de xadrez tartã pendurada no espaldar da cadeira, disso eu não me lembro mais. Só lembro que passei a noite inteira de pé na frente dessa parede, a testa premida contra o reboco úmido e bolorento; que ficou cada vez mais frio; que as lágrimas me escorriam pelo rosto; que comecei a murmurar coisas sem sentido e que eu sentia, enquanto tudo isso, que a terrível situação de estar inteiramente paralisado pela dor correspondia, da forma mais exata possível, à constituição interna que eu havia adquirido ao longo dos anos. Lembro, além do mais, que a posição curvada que me vi forçado a assumir me trouxe à memória, transpondo a dor, uma fotografia que meu pai tirara de mim no segundo ano primário, na qual eu aparecia profundamente debruçado sobre o escrito.

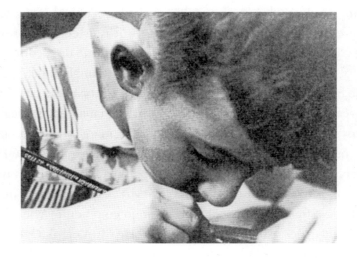

Em Colmar, de todo modo, disse Ferber depois de uma longa pausa em seu relato, comecei a me lembrar, e foi provavelmente o despertar da lembrança que me levou a tomar a decisão de seguir, depois de oito dias em Colmar, para o lago Genebra, para ali recobrar uma reminiscência sepultada havia muito, na qual eu nunca me atrevera a mexer. Meu pai, disse Ferber começando do início, era marchand, e nos meses de verão organizava regularmente o que chamava de exposições especiais nos saguões de hotéis famosos. Em 1936, ele me levou a uma dessas semanas de arte no Victoria Jungfrau, em Interlaken, e depois ao Palace, em Montreux. O acervo de exposição do meu pai consistia em geral em cerca de cinco dúzias de quadros no estilo flamengo com molduras douradas, ou de cenas de gênero no estilo de Murillo e paisagens alemãs desertas, das quais me ficou na memória sobretudo uma composição que mostrava uma charneca sombria com dois zimbros bem afastados um do outro, no terreno tingido de vermelho-sangue pelo sol poente. Tanto quanto possível para alguém de doze anos, dei uma mãozinha a meu pai para pendurar, legendar, vender e expedir os objetos expostos, por ele descritos como mercadorias artísticas. Meu pai, por sua vez, que foi um alpinista entusiasmado, e a título de recompensa pelos meus esforços, levou-me de trem ao Jungfraujoch, para me mostrar lá em cima a maior geleira da Europa, que cintilava nívea no meio do verão. Nem bem uma semana depois, escalamos juntos uma montanha de grama na margem sul do lago Genebra. No dia seguinte ao encerramento da exposição no Palace, saímos de Montreux num carro alugado e seguimos um trecho pelo vale do Ródano, para logo virar à direita e subir uma estrada estreita e sinuosa até um lugarejo cujo nome, Miex, me soou na época extremamente peculiar. De Miex eram três horas a pé, passando pelo Lac de Tanay, até o cume do Grammont. Num dia azul de agosto, fiquei deitado ao lado do meu pai lá no topo durante todo o meio-dia, observando com ele o lago lá embaixo com seu azul ainda mais cerrado, a paisagem para além do lago até a silhueta alta do Jura, as cidades claras na outra margem e St. Gingolph, logo à nossa frente, mas que mal se reconhecia numa sombra de talvez mil e quinhentos metros de profundidade. Essas cenas e imagens que remontavam a trinta anos antes, disse Ferber, já me haviam ocorrido na viagem de trem pela Suíça, que é de fato espantosamente bela, mas delas emanava, como ficou cada vez mais claro durante minha permanência no Palace, uma singular ameaça, que me levou finalmente a trancar a porta do meu quarto, baixar as persianas e permanecer deitado na cama durante horas a fio, o que obviamente só fez piorar minha incipente neurastenia. Depois de cerca de uma semana, não sei como me ocorreu que somente a realidade lá fora poderia me salvar. Mas, em vez de perambular por Montreux ou ir a Lausanne, resolvi escalar o Grammont pela segunda vez, apesar do meu estado agora bastante debilitado. Fazia um dia tão claro quanto da primeira vez, e quando cheguei ao topo, absolutamente esgotado, eis que vejo de novo lá de cima a paisagem do lago Genebra a meus pés, pelo visto perfeitamente inalterada, e imóvel a não ser por uns poucos barquinhos minúsculos, que arrastavam sua esteira branca na água azul-escura lá embaixo com inacreditável lentidão, e pelos trens que passavam de lá para cá a certos intervalos na outra margem. Esse mundo a distância, tão próximo quanto inalcançável, disse Ferber, cativara-o com tal força que ele receava ter de se precipitar nele, e de fato o teria feito talvez, não tivesse aparecido repentinamente à sua frente — *like someone who's popped out of the bloody ground* — um homem de seus sessenta anos, empunhando uma grande rede de borboleta feita de gaze branca, que disse num inglês tão apurado quanto em última análise impossível de ser identificado, que agora já era hora de pensar em descer, caso se quisesse chegar em Montreux a tempo para o jantar. Mas ele não se lembrava mais, disse Ferber, de ter feito a descida junto com o caçador de borboletas; aliás, a descida do Grammont se apagara totalmente de sua memória, assim como os últimos dias no Palace e a viagem de volta à Inglaterra. Por qual motivo exato essa lacuna de esquecimento se espalhara nele, e qual a sua extensão, isso permaneceu para ele um mistério, por mais que se esforçasse para refletir a respeito. Quando tentava imaginar-se na época em questão, só via a si mesmo de retorno ao estúdio, às voltas com o trabalho duro numa pintura que se prolongou por quase um ano, com pequenas interrupções — o retrato sem rosto *Man with a butterfly net*, que ele considerava uma de suas obras mais malsucedidas, porque, a seu ver, não dava nem de longe uma ideia satisfatória da estranheza da aparição à qual se referia. O trabalho no quadro do caçador de borboletas lhe exigira mais do que qualquer outra obra anterior, pois uma vez iniciado, após realizar numerosos estudos preliminares, ele não apenas o retocara várias vezes, mas ainda, quando a tela não suportava mais o desgaste com a contínua esfoladura e reaplicação de tintas, diversas vezes o destruíra e queimara por completo. O desespero com sua incapacidade, que já o atormentava o suficiente durante o dia, invadiu aos poucos suas noites cada vez mais insones, de modo que em breve não conseguia mais conter as lágrimas de exaustão enquanto trabalhava. Por fim, não lhe restou alternativa senão lançar mão de sedativos fortes, e como resultado teve as mais terríveis alucinações, que o lembravam da tentação de santo Antão no retábulo de Isenheim. Assim, por exemplo, vira certa vez seu gato dar um pulo vertical no ar e um salto-mortal para trás, depois do que caíra deitado, duro feito pedra. Lembrava-se com clareza de ter depositado o gato morto numa caixa de sapato e tê-lo enterrado no pátio sob a amendoeirazinha. Mas com a mesma clareza lá estava o gato na manhã seguinte diante de sua gamela, olhando para ele como se nada tivesse acontecido. E certa vez, concluiu Ferber seu relato, sonhou (não sabia dizer se acordado ou dormindo) que em 1887 inaugurara, com a rainha Vitória, a grande exposição de arte no Trafford Park, que fora construído com esse expresso propósito. Milhares de pessoas estiveram presentes e foram testemunhas de como ele, de mãos dadas com a rainha gorda e que exalava um odor fétido, caminhara pelas infindáveis fileiras das mais de dezesseis mil obras de arte com molduras douradas. Quase sem exceção, disse Ferber, essas obras de arte eram peças do acervo de seu pai. Mas entre elas, disse, havia um ou outro dos meus próprios quadros, que no entanto, para consternação minha, não se diferenciavam em nada ou apenas superficialmente das peças do salão. Finalmente, prosseguiu Ferber, passamos por uma porta *trompe-l'œil*, pintada com espantosa habilidade, como me fez notar a rainha, e chegamos a um gabinete sumamente empoeirado, no maior contraste possível com o rutilante palácio de cristal, onde claramente ninguém punha os pés fazia anos e que, depois de alguma hesitação, reconheci como a sala de estar dos meus pais. Um pouco

de lado, um senhor que me era estranho estava sentado no ca-
napé. Segurava no colo um modelo do Templo de Salomão
feito de pinho, papel machê e tinta dourada. Frohmann, de
Drohobycz, disse inclinando-se levemente, e esclareceu em seguida que levara sete anos, fiel às descrições da Bíblia, para
construir o templo com as próprias mãos e que agora viajava de
um gueto a outro para expô-lo. Veja, disse Frohmann, pode-se
reconhecer cada ameia das torres, cada cortina, cada soleira,
cada utensílio sagrado. E eu, disse Ferber, me debrucei sobre o
templozinho e aprendi pela primeira vez em minha vida que
aparência tem uma verdadeira obra de arte.

Fazia quase três anos que eu estava em Manchester quando, tendo concluído minhas pesquisas, deixei a cidade no verão
de 1969 para ingressar no magistério na Suíça, um projeto que
eu acalentava havia tempo. Embora a beleza e a variedade das
paisagens suíças, a esta altura quase dissipadas de minha memória, tenham me comovido profundamente ao retornar de uma
Manchester fuliginosa que rumava para a ruína, embora a vista
das montanhas nevadas ao longe, das florestas alpinas, da luz de
outono, dos regatos e campos congelados e das árvores frutíferas
em flor nos prados me calassem muito mais fundo no coração
do que eu podia pressupor, minha história na Suíça não durou
muito, por diversas razões, em parte relacionadas à concepção
de mundo suíça, em parte à minha posição de professor. Mal se
passara um ano quando decidi retornar à Inglaterra e assumir um
posto a meu ver promissor em muitos aspectos no condado de
Norfolk, então considerado bastante remoto. Se eu ainda pensava ocasionalmente em Ferber e Manchester durante os meses
que passei na Suíça, minhas lembranças se volatilizaram cada vez
mais durante o período na Inglaterra que se seguiu e que, como

178

às vezes noto com espanto, se estende até hoje. Claro que Ferber me veio à cabeça várias vezes no curso dessa longa série de anos, mas eu não conseguia imaginá-lo efetivamente. Seu rosto se tornara uma sombra. Supus que Ferber tivesse naufragado em seu trabalho, mas tratei de evitar obter informações mais precisas. Só no final de novembro de 1989, quando me vi defrontado por puro acaso com uma de suas pinturas na Tate Gallery de Londres (na verdade eu fora ver a *Vênus adormecida*, de Delvaux), um quadro de cerca de um metro e meio por dois que levava sua assinatura e o título para mim tão significativo quanto improvável de *G. I. on her blue candlewick cover*, só então Ferber começou a reviver em minha cabeça. Logo em seguida descobri num suplemento em cores de um jornal de domingo — outra vez um tanto por acaso, pois há muito evito a leitura dessas folhas e especialmente de seus suplementos ilustrados — uma reportagem sobre Ferber, na qual se lia que seus trabalhos alcançavam agora os preços mais altos no mercado de arte, mas que ele, Ferber, não obstante esse sucesso, mantivera seu estilo de vida e passava, como antes, dez horas por dia diante do cavalete em seu estúdio, perto das docas do porto de Manchester. Durante semanas carreguei a revista comigo a toda parte, com frequência correndo a vista pelo artigo que, eu sentia, havia aberto em mim um calabouço, estudando o olho escuro de Ferber, que olhava de esguelha numa das fotografias que acompanhavam o texto, e tentei compreender, ao menos em retrospectiva, em razão de qual inibição ou timidez nós tínhamos evitado na época conduzir a conversa às origens de Ferber, embora uma tal conversa, como agora era evidente, tivesse sido de fato a coisa mais natural do mundo. Friedrich Maximilian Ferber, assim fiquei sabendo pelas informações bastante escassas da revista, chegara à Inglaterra em maio de 1939, aos quinze anos de idade, proveniente de Munique, onde seu pai trabalhava como marchand. Dizia-se ainda que os pais de Ferber, que haviam adiado por diversos motivos a partida da Alemanha, foram enviados de Munique a Riga em novembro de 1941, num dos primeiros trens de deportação, e lá foram assassinados. Refletindo agora, pareceu-me imperdoável que eu tivesse omitido ou sido incapaz, naquela época em Manchester, de fazer a Ferber as perguntas que ele deve ter esperado de mim; e assim, pela primeira vez em muito tempo, fui a Manchester novamente, mais ou menos seis horas de trem cruzando o país, através dos pinheirais e das charnecas desérticas ao redor de Thetford, pelas vastas planícies baixas de Isle of Ely, pretas no inverno; vi passar lá fora vilas e cidades que se equivaliam em sua feiura — March, Peterborough, Loughborough, Nottingham, Alfreton, Sheffield —,

vi indústrias desativadas, montes de coque, torres de resfriamento fumegantes, cumeeiras vazias, pastos de ovelhas, muros de pedra, vi cair neve, chuva e a constante mudança de cores no céu. No início da tarde cheguei a Manchester e logo me pus a caminho do porto, cortando a cidade na direção oeste. Contra as expectativas, não tive nenhuma dificuldade de me situar, pois no fundo tudo em Manchester permanecera tal como era quase um quarto de século antes. As construções que haviam sido erguidas para conter o processo geral de ruína já estavam elas próprias ameaçadas de ruína, e mesmo as chamadas *development zones*, criadas em anos recentes para reavivar o espírito empresarial que tanto se alardeava nas margens do centro e ao longo do Ship Canal, já pareciam de novo semiabandonadas. Nas fachadas de vidro cintilantes dos prédios de escritórios, em parte ocupados somente pela metade, em parte nem sequer terminados, refletia-se a paisagem de escombros à volta e refletiam-se as nuvens brancas, que sopravam do mar da Irlanda. Uma vez lá fora junto às docas, não demorei muito para achar o estúdio de Ferber. O pátio calçado estava inalterado. A amendoeirazinha estava prestes a florir, e, quando pus os pés na soleira do ateliê, foi como se eu tivesse estado ali no dia anterior. A mesma luz baça incidia pela janela, e sobre o piso de crosta preta, no meio do recinto, estava o cavalete com uma cartolina preta, trabalhada a ponto de se tornar irreconhecível. A julgar pelo modelo pregado a um segundo cavalete, o quadro de Courbet

O carvalho de Vercingétorix

pelo qual sempre tive especial apreço servira de ponto de partida para seu exercício de destruição. Mas ele, o próprio Ferber, a quem, vindo de fora, eu não vira a princípio, estava sentado em seu sofá de veludo vermelho na penumbra dos fundos, segurando uma xícara de chá e observando de esguelha a visita, que agora, tal como Ferber então, beirava os cinquenta, enquanto ele, Ferber, devia estar com seus setenta anos. Suas boas-vindas foram: *Arent't we all getting on!* Disse isso com um sorriso baldado, e então apontou — ele, que na verdade não me parecia ter envelhecido nada — a cópia do retrato de um homem com uma lente de aumento pintado por Rembrandt, pendurada no mesmo lugar da parede que vinte e cinco anos antes, e acrescentou: *Only he doesn't seem to get any older.*

Na sequência desse reencontro tardio e para ambos inesperado, conversamos durante três dias até tarde da noite, e foram ditas muito mais coisas do que serei capaz de escrever aqui, sobre o exílio na Inglaterra, sobre a cidade emigrante de Manchester e sua inexorável ruína, que Ferber considerava tranquilizadora, sobre o Wadi Halfa, que deixara de existir havia muito, sobre a flugelhornista Gracie Irlam, sobre meu ano de magistério na Suíça bem como sobre minha posterior tentativa, igualmente frustrada, de me fixar em Munique, num instituto de cultura alemã. De uma perspectiva puramente temporal, observou Ferber acerca da minha carreira, eu estava agora tão afastado da Alemanha quanto ele estivera em 1966, mas o tempo, prosseguiu, é uma medida na qual não se pode confiar — aliás, não passa de um rumorejo da alma. Não existe nem um passado nem um futuro. Pelo menos não para mim. As cenas fragmentárias da memória que me perseguem têm um caráter obsessivo. Quando penso na Alemanha, a impressão que tenho é de alguma loucura em minha cabeça. E talvez pelo temor de encontrar uma constatação para essa loucura é que nunca estive na Alemanha de novo. A Alemanha, sabe, me parece um país atrasado, destruído, de algum modo extraterritorial, habitado por gente cujo rosto é ao mesmo tempo encantador e pavoroso. Todos usam roupas dos anos 30 ou de modas ainda mais antigas, e além disso seus chapéus não combinam minimamente com o vestuário — capacetes de piloto, quepes, cartolas, orelheiras, faixas cruzadas em volta da cabeça e gorros de lã tricotados à mão. Quase todo dia me visita uma senhora elegante, usando um vestido de festa de seda de paraquedas cinza e com um chapéu de abas largas, guarnecido de rosas cinza. Mal acabo de me sentar em minha poltrona, exausto pelo trabalho, escuto seus passos na calçada lá fora. Ela entra voando pelo portão, passa pela amendoeirazinha e ei-la de pé na soleira da oficina. Apressada, ela se aproxima como um médico que receia ter chegado tarde demais à casa de um moribundo. Tira o chapéu, o cabelo lhe cai sobre os ombros, despe as luvas de esgrima, joga-as sobre esta mesinha aqui e se debruça sobre mim. Fecho os olhos num desmaio. Como a história continua, não sei. De todo modo, jamais trocamos palavra. É sempre uma cena muda. Imagino que a senhora cinza compreenda apenas sua língua materna, o alemão, que desde 1939, desde a despedida dos meus pais no aeroporto Oberwiesenfeld, em Munique, nunca mais falei e da qual restou em mim somente um eco, um murmúrio abafado e incompreensível. Talvez tenha algo a ver com essa perda da língua, com esse soterramento, prosseguiu Ferber, que minhas lembranças não remontem a além dos meus nove ou oito anos, e que da época de Munique depois de 1933 eu me lembre pouco mais que de procissões, cortejos e paradas, para as quais, é claro, sempre havia um pretexto. Era Primeiro de Maio ou Corpus Christi, Carnaval ou o décimo aniversário do Putsch, Reichsbauerntag ou a inauguração da Haus der Kunst. Estavam sempre carregando o Sagrado Coração de Jesus pelas ruas do centro ou a chamada *Blutfahne*, a bandeira de sangue. Certa vez, disse Ferber, instalaram pedestais trapezoides nos dois lados da Ludwigstrasse, do Feldherrnhalle até o coração de Schwabing, e sobre cada um desses pedestais forrados de tecido castanho ardia uma chama de oblação numa vasilha rasa de ferro. Nessas assembleias e marchas ininterruptas, o número de diferentes uniformes e insígnias aumentava de ocasião para ocasião. Era como se uma nova espécie humana se desenvolvesse bem na frente dos olhos do espectador, uma depois da outra. Criança e depois adolescente, repleto de admiração, ódio, anseio e repulsa em igual medida, eu ficava calado em meio à multidão exultante ou reverente, envergonhado porque não fazia parte daquilo. Em casa, meus pais não falavam sobre os novos tempos na minha presença, ou o faziam apenas vagamente. Todos nós fazíamos esforços desesperados para manter uma aparência de normalidade, mesmo depois que meu pai foi obrigado a transferir a direção de sua galeria situada quase em frente à Haus der Kunst, e aberta apenas no ano anterior, a um sócio ariano. Eu ainda fazia minha lição de casa sob a supervisão de minha mãe, nós ainda íamos ao Schliersee esquiar no inverno e a Oberstdorf ou para o Walsertal nas férias de verão, e sobre as coisas que não podíamos falar, nós nos calávamos. Assim é que, mesmo em família, calamos em boa medida sobre as razões que levaram minha avó Lily Lanzberg a cometer o suicídio; os que ficaram parecem ter concordado de algum modo que, no fim, ela não estava mesmo batendo muito bem. Tio Leo, o irmão gêmeo de minha mãe, com quem fomos de carro de Bad Kissingen a Würzburg depois do enterro, no final de julho de 1936, era a única pessoa que de vez em quando eu ouvia se pronunciar abertamente sobre a situação das coisas, o que em geral, porém, era recebido com certa reprovação. Lembro agora, disse Ferber, que tio Leo, que até ser exonerado do magistério ensinara latim e grego num ginásio de Würzburg, mostrou na época a meu pai um recorte de jornal datado de 1933, no qual se via a fotografia da queima de livros na Residenzplatz de Würzburg. Meu tio dizia que essa fotografia era forjada. A queima de livros, disse, aconteceu na noite de 10 de maio — repetiu isso diversas vezes —, na noite de 10 de maio, mas como a essa hora já estava escuro e não se podia mais tirar fotografia que prestasse, simplesmente pegaram a imagem de algum outro ajuntamento diante do palácio e acrescentaram, afirmou meu tio, um volumoso rolo de fumaça e um céu noturno bem preto. O documento fotográfico publicado no jornal era, portanto, uma fraude. E do mesmo modo que esse documento era uma fraude, disse meu tio, como se sua descoberta fornecesse a prova circunstancial decisiva, assim também tudo era uma fraude, desde o princípio. Mas meu pai apenas sacudiu a cabeça sem dizer uma palavra, ou por causa do espanto ou porque não queria assentir com o veredicto radical de tio Leo. A mim também a história de Würzburg, de que Ferber disse então se lembrar pela primeira vez, pareceu de início um tanto improvável, mas de lá para cá consegui descobrir a fotografia em questão num arquivo de Würzburg, e de fato não há dúvida, como se vê facilmente, de que a suspeita expressa pelo tio de Ferber era justificada.

Prosseguindo em seu relato sobre a visita a Würzburg no verão de 1936, Ferber disse que na época, enquanto passeavam juntos pelos jardins do palácio, tio Leo lhe participou que fora aposentado compulsoriamente em 31 de dezembro do ano anterior, e que portanto se preparava para sair da Alemanha e pretendia ir em breve para a América via Inglaterra. Mais tarde estávamos nas escadarias do palácio, e ao lado de meu tio eu fitava de pescoço esticado o esplendor do afresco de Tiepolo no teto lá no alto, que na época não significava nada para mim, onde sob um céu que se arqueava às alturas mais excelsas os animais e homens das quatro regiões do mundo se reuniam num fantástico turbilhão de corpos. O curioso, disse Ferber, é que aquela tarde passada em Würzburg com tio Leo só lhe ocorrera novamente alguns meses antes, quando, ao folhear um novo livro ilustrado sobre a obra de Tiepolo, ele não conseguira desgrudar os olhos das reproduções dos afrescos monumentais de Würzburg, das beldades claras e escuras nele representadas, do mouro ajoelhado com a sombrinha e a maravilhosa amazona com o toucado de penas. Passei uma noite inteira, disse Ferber, debruçado com uma lente de aumento sobre essas pinturas, tentando penetrá-las cada vez mais fundo com a vista. E, ao fazê-lo, desabrochou aos poucos a lembrança daquele dia de verão em Würzburg, da viagem de volta a Munique, da situação cada vez mais insuportável, da atmosfera cada vez mais insuportável na casa de meus pais, do silêncio que ali se alastrava cada vez mais. Meu pai na verdade, disse Ferber, era algo como um comediante ou ator nato. Ele gostava, ou melhor, teria gostado de viver, teria continuado a ir com prazer ao teatro na Gärtnerplatz, à revista e aos bares de vinho da Floresta Negra, mas, em razão das circunstâncias, os traços depressivos que também lhe eram característicos encobriram cada vez mais sua natureza essencialmente jovial por volta do final dos anos 30. Uma distração e irritabilidade que até então eu desconhecia nele, consideradas por minha mãe e por ele próprio como um nervosismo passageiro, ditavam às vezes seu comportamento durante dias. Ia cada vez com mais frequência ao cinema para ver filmes de caubói e de Luis Trenker. Nenhuma vez se falou em sair da Alemanha, pelo menos não na minha presença, nem mesmo depois que os nazistas confiscaram quadros, móveis e objetos de valor em nosso apartamento, com o pretexto de que não nos cabiam os bens culturais alemães. Só me lembro de que meus pais se escandalizaram particularmente com a forma mal-educada com que os escalões mais baixos atulhavam os bolsos de cigarros e cigarrilhas. Depois da Noite dos Cristais, meu pai foi internado em Dachau. Seis semanas depois voltou para casa, um tanto mais magro e de cabelo cortado rente. Não me disse um ai daquilo que viu e passou. O quanto contou à minha mãe, não sei. Fomos ainda esquiar em Lenggries no começo de 1939. Para mim foi a última vez, e imagino que também para meu pai. Ainda tirei uma foto dele no alto do Brauneck.

É uma das poucas, disse Ferber, que restaram desses anos. Pouco depois da viagem a Lenggries, meu pai conseguiu obter um visto para mim subornando o cônsul inglês. Minha mãe contava com que eles dois seguissem logo após. Seu pai, disse ela, está agora firmemente determinado a deixar o país. Faltava apenas que fizessem os preparativos necessários. Enquanto isso, arrumaram minhas malas. Em 17 de maio, dia do aniversário de cinquenta anos de minha mãe, meus pais me levaram ao aeroporto. Era uma manhã fresca e aberta quando saímos de nossa casa na Sternwartstrasse, em Bogenhausen, na direção de Oberwiesenfeld, atravessando o Isar, seguindo ao longo da Tivolistrasse pelo Englischer Garten, atravessando o Eisbach, que agora vejo à minha frente com igual clareza, cruzando Schwabing e saindo da cidade pela Leopoldstrasse. Esse trajeto me pareceu interminável, provavelmente porque nenhum de nós disse uma palavra, contou Ferber. Quando perguntei se lembrava do adeus aos pais no aeroporto, Ferber respondeu depois de longa hesitação que, quando recordava aquela manhã de maio no Oberwiesenfeld, não via mais os pais ao seu lado. Não sabia mais o que a mãe ou o pai lhe haviam dito ou o que ele lhes dissera por último, ou se ele e os pais tinham se abraçado ou não. Via os pais sentados no banco de trás do carro alugado ao seguirem para Oberwiesenfeld, mas em Oberwiesenfeld mesmo não os via. E, no entanto, via Oberwiesenfeld com a máxima precisão, e durante todos esses anos o vira sem cessar com a mesma terrível precisão. A faixa de concreto branco diante do hangar aberto, a profunda escuridão lá dentro, as suásticas nos lemes do avião, a área cercada na qual teve de aguardar com um punhado de outros passageiros, a sebe de alfena ao redor da cerca, o funcionário da manutenção com carrinho de mão, pá e vassoura, as caixas do posto meteorológico, que lhe lembravam colmeias, os morteiros no perímetro do aeroporto — tudo isso ele via com dolorosa nitidez à sua frente, e via a si mesmo caminhando sobre a grama rente na direção do Junkers 52 branco da Lufthansa, cujo nome era Kurt Wüsthoff e o número, D-3051. Eu me vejo, disse Ferber, subindo os degrauzinhos portáveis de madeira e sentando lá dentro da aeronave ao lado de uma senhora com um chapéu tirolês azul, e, enquanto corremos pela ampla e deserta superfície verde, me vejo olhando pela janelinha quadrada para um rebanho de ovelhas a distância e para a figura minúscula do pastor. E então vejo a cidade de Munique se inclinar lentamente para longe, embaixo de mim. O voo com o Ju 52 foi só até Frankfurt, onde tive de esperar várias horas e passar pela alfândega. Lá, no aeroporto de Frankfurt am Main, minha mala aberta se achava sobre uma mesa manchada de tinta, e um funcionário da alfândega, sem tocar em nada, passou um bom tempo olhando para seu interior, como se minhas peças de roupa dobradas e arrumadas por minha mãe naquele jeito todo metódico próprio dela, as camisas bem passadas ou o pulôver de inverno com motivos ditos noruegueses, possuíssem algum significado misterioso. Não sei mais o que eu próprio pensei quando vi minha mala aberta, mas a impressão que tenho agora, ao lembrar a respeito, é que eu nunca devia tê-la desfeito, disse Ferber cobrindo o rosto com as mãos. O avião da British European Airways em que voei para Londres por volta das três da tarde, prosseguiu então, era um Lockheed Electra. Foi um voo agradável. Vi a Bélgica de cima, a floresta das Ardenas, Bruxelas, as estradas retas de Flandres, as dunas de areia de Ostende, a costa, os rochedos brancos de Dover, as cercas vivas e as colinas ao sul de Londres e então, surgindo no horizonte como uma cadeia de montanhas baixa e cinza, a capital da ilha propriamente dita. Às cinco e meia aterrissamos no aeroporto de Hendon. Tio Leo foi me pegar. Fomos de carro até a cidade, passando por séries intermináveis de casinhas suburbanas tão indistinguíveis uma da outra que me deprimiam, mas ao mesmo tempo me pareciam algo ridículas. Meu tio morava num pequeno hotel de emigrantes em Bloomsbury, perto do British Museum. Passei minha primeira noite na Inglaterra nesse hotel, numa cama de estrado singularmente alto, insone menos por preocupação do que por causa do modo como a pessoa é imprensada em semelhantes camas inglesas pela roupa de cama presa sob toda a volta do colchão. Eu estava, assim, bastante tresnoitado quando na manhã seguinte, dia 18 de maio, experimentei meu novo uniforme escolar no Baker's, em Kensington, na presença do meu tio — calça curta preta, meias três-quartos de um azul carregado, paletó da mesma cor, camisa laranja, gravata listrada e um minúsculo bonezinho que insistia em não parar sobre a minha cabeleira espessa, por mais que eu tentasse. Meu tio, em conformidade com os meios à sua disposição, me arranjara uma escola privada de terceira linha em Margate, e acho que, quando me viu enfarpelado daquele jeito, esteve tão próximo das lágrimas quanto eu ao me olhar no espelho. Se o uniforme me parecia uma roupa de palhaço, inventada expressamente para debochar de mim, a escola, essa, me deu a impressão de uma prisão ou um hospício quando lá chegamos à tarde. A rotunda de coníferas anãs na curva da via de acesso, a fachada sombria, que se convertia numa espécie de baluarte na borda superior, o puxador enferrujado da campainha ao lado da porta aberta, o bedel que veio coxeando do escuro do átrio, a colossal escadaria de carvalho, o frio que reinava em todos os ambientes, o cheiro de carvão, o arrulho incessante dos pombos decrépitos empoleirados em cada canto do telhado e inúmeros outros detalhes sinistros de que não me lembro mais conspiravam para eu imaginar que ficaria louco num abrir e fechar de olhos naquele lugar. Mas logo ficou claro que o regime do instituto, onde eu passaria os anos seguintes, era bastante complacente, em alguns aspectos beirando o carnavalesco. O diretor e fundador da escola, um solteirão de quase setenta anos chamado Lionel Lynch-Lewis, sempre vestido da forma mais excêntrica e cheirando levemente a perfume de lilás, e seu corpo docente não menos excêntrico deixavam os alunos, em sua maioria filhos de funcionários diplomáticos de países sem importância ou o rebento de outra gente itinerante, mais ou menos ao deus-dará. Lynch-Lewis era da opinião de que nada se mostrava mais pernicioso ao desenvolvimento dos adolescentes do que uma aula regular. Aprendia-se melhor e mais fácil, afirmava, nos horários livres. Essa ideia atraente rendeu frutos, de fato, em alguns de nós, mas em outros casos levou a uma selvageria de causar preocupação. Aliás, o uniforme papagaiesco que tínhamos de usar e que, como vim a saber, fora desenhado pelo próprio Lynch-Lewis estava em frontal contradição com o resto de seu programa pedagógico. Quando muito, a suntuosidade exagerada de cores que nos era imposta condizia com a ênfase excessiva dada por Lynch-Lewis ao cultivo da linguagem correta, sendo a linguagem correta, em sua visão, exclusivamente o inglês falado nos palcos da virada do século. Não era à toa que em Margate corria o boato de que nossos professores eram recrutados sem exceção das fileiras de antigos atores que, por uma razão ou outra, haviam fracassado em sua profissão. Por estranho que pareça, disse Ferber, quando relembro meu período em Margate não sei se fui infeliz ou feliz, ou que diabo eu fui. Seja como for, o amoralismo que ditava a vida na escola me propiciou uma certa sensação de liberdade que até então eu desconhecia. Por isso, ficou cada vez mais difícil para mim escrever para casa ou ler as cartas que chegavam a cada duas semanas. Quando a correspondência, cada vez mais penosa, foi interrompida em novembro de 1941, fiquei a princípio aliviado, de um modo que a mim mesmo pareceu condenável. Que eu nunca mais seria capaz de reatar a correspondência, isso eu só fui perceber gradualmente; para dizer a verdade, não sei se o compreendi até hoje.

Mas agora me parece que minha vida foi determinada, em seus mínimos detalhes, não só pela deportação de meus pais, mas também pela demora e hesitação com que a notícia da morte deles, inacreditável a princípio, chegou a meus ouvidos e somente aos poucos se deu a conhecer em seu sentido desmesurado. Quaisquer que tenham sido as precauções conscientes ou inconscientes que tomei para me imunizar contra a dor sofrida pelos meus pais e contra minha própria dor, e por mais que eu tenha conseguido de vez em quando manter meu equilíbrio mental em meu retraimento, a verdade é que a tragédia do meu noviciado juvenil lançou raízes tão profundas que pôde mais tarde tornar a brotar, gerar flores do mal e arquear sobre mim seu dossel de folhas venenosas que tanto sombreou e escureceu meus últimos anos.

No início de 1942, assim concluiu Ferber seu relato na véspera de minha partida de Manchester, tio Leo embarcou em Southampton para Nova York. Antes disso, foi me visitar mais uma vez em Margate, e combinamos que eu o seguiria no verão, depois de terminar meu último ano de escola. Mas quando chegou a hora, como eu não queria ser lembrado de minhas origens por nada nem por ninguém, decidi, em vez de ir para Nova York sob os cuidados de meu tio, seguir sozinho para Manchester. Inocente que era, imaginei que poderia começar uma vida nova, do zero, mas Manchester justamente me trazia à memória tudo aquilo que eu buscava esquecer, pois é uma cidade de imigrantes, e por cento e cinquenta anos, sem contar os irlandeses pobres, os imigrantes foram principalmente alemães e judeus, artesãos, comerciantes, autônomos, varejistas e atacadistas, relojoeiros, chapeleiros, marceneiros, fabricantes de guarda-chuva, alfaiates, encadernadores, tipógrafos, prateiros, fotógrafos, peleteiros, antiquários, bufarinheiros, prestamistas, leiloeiros, joalheiros, agentes imobiliários, corretores da Bolsa e de seguros, farmacêuticos e médicos. Os sefarditas, que já estavam estabelecidos em Manchester fazia um bom tempo, chamavam-se Besso, Raphael, Cattun, Calderon, Farache, Negriu, Messulam ou Di Moro, e os alemães e os demais judeus, entre os quais os sefarditas faziam pouca distinção, tinham nomes como Leibrand, Wohlgemuth, Herzmann, Gottschalk, Adler, Engels, Landeshut, Frank, Zirndorf, Wallerstein, Aronsberg, Haarbleicher, Crailsheimer, Danziger, Lipmann e Lazarus. Durante todo o século XIX, a influência alemã e judaica foi maior em Manchester do que em qualquer outra cidade europeia, e assim, embora eu tivesse tomado a direção contrária, ao chegar a Manchester me senti de certo modo em casa, e a cada ano que passei desde então entre as fachadas pretas deste berço da nossa indústria, ficou mais claro para mim *that I am here, as they used to say, to serve under the chimney.* Ferber não disse mais nada, apenas fitou longamente o espaço, antes de me mandar embora com um aceno mal perceptível de sua mão esquerda. Quando fui novamente ao estúdio na manhã seguinte para me despedir dele, entregou-me um pacote envolto em papel de embrulho e amarrado com barbante, no qual se achavam, além de algumas fotografias, quase cem páginas de anotações manuscritas que sua mãe ainda fizera entre 1939 e 1941 na Sternwartstrasse e pelas quais se ficava sabendo, assim disse Ferber, que obter um visto ficara cada vez mais difícil e que, portanto, os planos que seu pai tivera de inventar para a emigração se tornavam mais complexos a cada semana e, como minha mãe claramente já percebia, impossíveis de serem realizados. À parte alusões um tanto casuais à situação desesperadora na qual ela e meu pai se encontravam, minha mãe não dedica uma única linha aos acontecimentos do momento, mas descreve em contrapartida, disse Ferber, com uma paixão que a ele era incompreensível, a infância dela na aldeia de Steinach, na Baixa Francônia, e a juventude em Bad Kissingen. Desde a época em que haviam sido escritas, disse Ferber, ele lera as memórias da mãe, possivelmente redigidas com ele em mente, como supunha, apenas duas vezes. Uma primeira vez muito rapidamente após receber o pacote e uma segunda, de maneira meticulosa, vários anos mais tarde. Nessa segunda leitura, as anotações, que em certos pontos eram realmente maravilhosas, lhe pareceram um daqueles perversos contos de fada alemães nos quais, uma vez sob o feitiço, é preciso continuar até o final, até partir o coração, um trabalho começado — nesse caso, recordar, escrever e ler. É por isso que eu gostaria de lhe dar agora esse embrulho, disse Ferber, e me acompanhou ao pátio, onde seguiu ainda ao meu lado até a amendoeira.

As páginas póstumas da mãe de Ferber, por ele entregues a mim naquela manhã em Manchester, estão agora à minha frente, e quero tentar reproduzir em resumo o que a escritora, cujo nome de solteira era Luisa Lanzberg, relata sobre sua infância. Logo de início, escreve que não apenas ela própria e seu irmão Leo vieram ao mundo na aldeia de Steinach, perto de Bad Kissingen, mas também o pai, Lazarus, e o avô, Löb. Pelo menos desde o final do século XVII a presença da família é atestada na vila, que antigamente pertencia à jurisdição dos príncipes-bispos de Würzburg e de cujos habitantes um terço consistia em judeus ali domiciliados havia tempo. É quase desnecessário dizer que hoje não há mais judeus em Steinach e que a população local só a custo se lembra, se tanto, dos antigos vizinhos de cujas casas e imóveis se apropriou. Chega-se a Steinach por Bad Kissingen via Grossenbrach, Kleinbrach e Aschach, com seu castelo e sua cervejaria do Graf Luxburg. De lá sobe a íngreme Aschacher Leite, onde Lazarus, escreve Luisa, sempre apeava da caleche para que os cavalos não tivessem de puxar muito forte. Do alto, a estrada desce margeando a floresta até Höhn, onde os campos se abrem e as montanhas de Rhön emergem a distância. Os prados de Saale começam a se estender, delineia-se a suave curva da floresta de Windheim, a ponta da torre da igreja se torna visível, o velho castelo — Steinach! Agora a estrada atravessa o riacho e entra na vila até a praça diante da hospedaria, e de lá dobra à direita para a parte baixa da aldeia, que Luisa chama seu verdadeiro lar. Aqui, escreve, fica a casa dos Lion, onde arranjamos óleo para as lâmpadas, e também a do comerciante Meier Frei, cujo regresso da feira anual de Leipzig sempre foi um grande acontecimento; aqui ficam a casa do padeiro Gessner, à qual levávamos nossa refeição sabática na noite de sexta-feira, a do açougueiro Liebmann e a do farinheiro Salomon Stern. O asilo de pobres, que na maior parte do tempo não tinha ocupantes, e o posto de bombeiros com a torre de gelosias ficavam na parte baixa da aldeia, e na parte baixa ficava também o antigo castelo com seu átrio calçado e o brasão dos Luxburg sobre o portão. Pela Federgasse, que sempre estava cheia de gansos e pela qual, escreve Luisa, ela tinha medo de andar quando criança, chegava-se, passando pelo armarinho de Simon Feldhahn e pela casa coberta de plaquetas de latão verdes do funileiro Fröhlich, a uma praça sombreada por uma castanheira gigantesca. Na casa do outro lado, diante da qual a praça se divide em duas ruas como ondas diante da proa de um navio e atrás da qual se ergue a floresta de Windheim, eu nasci e cresci, assim dizem as anotações à minha frente, e vivi até meus dezesseis anos, quando, em janeiro de 1905, nos mudamos para Kissingen.

Agora estou de novo, escreve Luisa, na sala de estar. Atravessei o vestíbulo à meia-luz, revestido de lajes de pedra, pousei a mão cuidadosamente sobre a maçaneta, como fazia quase toda manhã naquela época, girei-a para baixo, abri a porta e lá dentro, descalça sobre o piso branco esfregado, olhei ao redor cheia de admiração, pois há coisas muito bonitas nesse quarto. Duas poltronas de veludo verde com franjas torcidas em toda a volta, e entre as janelas que dão para a praça um sofá no mesmo estilo. A mesa é de cerejeira clara. Em cima dela, um porta-retratos em forma de leque com cinco fotografias de nossos parentes de Mainstockheim e Leutershausen e, numa moldura própria, uma foto da irmã de papai, que as pessoas diziam ter sido a menina mais linda de toda a redondeza, uma verdadeira Germânia. Sobre a mesa há também um cisne de porcelana com as asas abertas, e dentro dele, atado em feixe com um rendado branco, o buquê de noiva de sempre-vivas de nossa querida mamãe, ao lado do menorá prateado que é usado nas noites de sexta e para o qual papai recorta toda vez bainhas de papel especiais, para que a cera não goteje das velas. Sobre a cômoda junto à parede, aberto numa página, há um volume in-fólio luxuosamente encadernado em vermelho com gavinhas de videira douradas. São as obras, diz mamãe, de seu poeta favorito, Heine, que é também o poeta favorito da imperatriz Elisabeth. Num cestinho ao lado é guardado o jornal, o *Münchner Neuesten Nachrichten*, no qual mamãe imerge à tardinha, embora papai, que vai para cama bem mais cedo, sempre lhe diga que não é saudável ler até tão tarde da noite. Uma flor-de-cera tem seu lugar sobre uma mesinha de bambu entrelaçado no nicho da janela que abre para o leste. Tem folhas firmes e escuras e várias umbelas que são estrelinhas brancas e felpudas, com centro cor-de-rosa. Quando desço de manhã cedo, o sol já bate no quarto e brilha nas gotas de mel que pendem de cada uma das estrelinhas. Através das flores e folhas, vejo o jardim gramado onde as galinhas já vão de lá para cá. Nosso carroceiro, Franz, que é bastante taciturno e albino, atrela os cavalos para quando papai estiver pronto, e lá do outro lado da cerca, onde fica uma casinha minúscula embaixo de um sabugueiro, costuma aparecer a essa hora Kathinka Strauss. Kathinka é uma solteirona de talvez quarenta anos, e dizem que não regula muito bem. Quando o tempo permite, ela passa o dia andando ao redor da castanheira da praça, no sentido horário ou anti-horário, dependendo do humor, tricotando alguma coisa que claramente nunca termina. Embora ela não tenha um tostão furado, sempre usa nessas ocasiões os chapéus mais extravagantes, um deles ornado até com uma asa de gaivota, do qual me lembro particularmente bem porque o professor Bein, referindo-se a ele, nos disse na escola que não devíamos matar um animal apenas para nos enfeitar com suas penas.

Embora minha mãe hesite bastante em nos deixar sair de casa, Leo e eu somos enviados a uma creche cristã aos quatro ou cinco anos de idade. Só precisamos chegar depois da prece matutina. É tudo muito simples. A irmã já se acha no pátio. Você vai até ela e diz: Senhora Adelinde, posso pegar uma bola, por favor? Então você cruza o pátio com a bola e desce a escada até o local de recreio. O local de recreio fica no fundo do fosso amplo que circunda o antigo castelo e agora está repleto de coloridos canteiros de flores e hortaliças. Logo acima do local de recreio, numa longa fileira de quartos do antigo castelo em grande parte deserto, mora Regina Zufrass. Como todo mundo sabe, ela é uma mulher de enorme competência e sempre muitíssimo ocupada, mesmo aos domingos. Trata de cuidar de suas aves, ou é vista entre as estacas de feijão, ou conserta a cerca, ou remexe num dos quartos grandes demais para seus padrões. Até no telhado vimos Regina Zufrass uma vez, endireitando o cata-vento, e ficamos olhando para ela lá em cima com a respiração presa, porque achávamos que a qualquer momento ela cairia e se espatifaria no solário com os membros esmagados. Seu marido, Jofferle, faz bico como carroceiro na vila. Regina não está lá muito contente com ele, e ele por sua vez, é o que dizem, tem medo de voltar para casa. É comum terem de mandar buscá-lo. Em geral o encontram bêbado, deitado ao lado da carroça de feno virada. Os cavalos, que há muito tempo já se acostumaram com isso, permanecem bonzinhos ao lado da caçamba capotada. Finalmente, tornam a carregar o feno e Jofferle é levado para casa por Regina. No dia seguinte, as venezianas verdes do seu apartamento permanecem fechadas, e nós crianças lá embaixo no local de recreio comemos nossos sanduíches e nos perguntamos que diabo terá acontecido lá dentro. Aliás, toda quinta-feira de manhã mamãe nos desenha um peixe no papel de embrulho parafinado, para não esquecermos de apanhar, no caminho da creche para casa, meia dúzia de bárbus na peixaria. De tarde, Leo e eu andamos de mãos dadas ao longo do Saale, na margem onde cresce uma brenha espessa de salgueiros, amieiros e juncos, passando pela serraria e atravessando a pontezinha, da qual olhamos lá embaixo os aneizinhos dourados ao redor dos seixos no fundo da água, antes de seguirmos caminho até a cabana do pescador, densamente cercada de arbustos. Primeiro temos de esperar na sala para que a mulher do peixeiro vá chamar o peixeiro. Uma cafeteira branca bojuda com um botão azul-cobalto está sempre sobre a mesa e preenche, como às vezes me parece, quase todo o ambiente. O peixeiro aparece no vão da porta e nos leva direto pelo jardim em ligeiro declive, passando pelos seus radiantes pés de dálias, até o Saale lá embaixo, onde uma grande caixa de madeira flutua na água, da qual retira os bárbus um por um. Quando então os comemos no jantar, não temos permissão para falar por causa das espinhas, e nós próprios temos de ficar tão calados quanto os peixes. Nunca me senti muito à vontade nessas refeições, e os olhos revirados dos peixes muitas vezes me seguiam até no sono.

No verão, costumamos fazer no sabá um longo passeio até Bad Bocklet, onde podemos caminhar pela colunata aberta e admirar as pessoas de traje elegante tomando café, ou, quando está muito quente para passear, ficamos sentados no final da tarde com os Liebermann e os Feldhahn à sombra das castanheiras diante da cancha de bocha do bar do Reuss. Os homens bebem cerveja, e as crianças, limonada; as mulheres nunca sabem o que querem e só dão um golinho de tudo, enquanto fatiam chalá e carne-seca. Depois do jantar, alguns dos homens jogam uma partida de bilhar, o que é tido como bastante audaz e avançado. Ferdinand Lion até fuma um charuto! Mais tarde, todos vão à sinagoga juntos. As mulheres arrumam as coisas e se põem a caminho de casa com as crianças quando vem o crepúsculo. Certa vez, ao voltar para casa, Leo está desolado com seu novo traje de marinheiro, feito de algodão engomado branco e azul-claro, principalmente por causa da gravata gorda e do peitilho que pende sobre os ombros, com as âncoras cruzadas que mamãe ficou bordando até tarde na noite anterior. Só quando, já na escuridão, estamos sentados na escada da frente, observando como as nuvens de tempestade se misturam no céu, ele esquece aos poucos sua infelicidade. Depois que papai chega, a vela colorida feita de vários fios de cera entrelaçados é acesa para marcar o final do sabá. Cheiramos a caixinha de condimentos e subimos para a cama. Logo os raios brancos e ofuscantes não param de cair, e os estrondos do trovão fazem a casa tremer. Estamos na frente da janela. Às vezes fica mais claro que o dia lá fora. Tufos de feno vogam sobre as águas em redemoinho na sarjeta. Então a tempestade se afasta, mas depois de algum tempo retorna. Papai diz que ela não consegue transpor a floresta de Windheim.

Na tarde de domingo, papai faz sua contabilidade. Retira uma chavezinha de um estojo de couro, destranca sua secretária de nogueira, sempre uma presença serena em seu brilho, abre a parte central com um clique, põe a chavezinha de volta no estojo, apruma-se na cadeira com certa cerimônia e apanha o caderno in-fólio de contabilidade. Nesse livro, bem como em outros menores e em fichas recortadas em diversos tamanhos, faz registros e notas durante algumas horas, soma longas colunas movendo os lábios em silêncio e efetua cálculos, sendo que, conforme o resultado, seu rosto se ilumina ou se anuvia por um instante. Nas numerosas gavetas da secretária são guardadas muitas coisas especiais — documentos, certificados, correspondência, as joias de mamãe e uma larga fita costurada contendo peças de prata grandes e pequenas, presas por fios de seda em ziguezague, como se fossem insígnias e condecorações: as moedas *hollegrasch* que Leo ganha todo ano de seu padrinho Selmar, de Leutershausen, e que eu sempre admiro com inveja. Mamãe está sentada com papai na sala, lendo tudo o que não conseguiu ler durante a semana no *Münchner Neuesten Nachrichten*, de preferência a coluna "Notícias do balneário" e a seção "Variedades", e quando topa com algo incrível ou notável lê para papai, que então é obrigado naturalmente a interromper as contas. Talvez porque na época eu não conseguisse tirar da cabeça a história de Paulinchen, a garota que pegou fogo, ouço, por exemplo, mamãe contando a papai com aquele seu jeito teatral (na juventude, ela sonhou em ser atriz) que os vestidos das senhoras agora podiam se tornar à prova de fogo por quantias muito módicas, ao imergi-los, ou o tecido do qual seriam feitos, numa solução de cloreto de zinco. Mesmo o material mais delicado, ouço até hoje mamãe dizer a papai, pode ser exposto às chamas depois de receber esse tratamento, e carbonizará até virar cinza, sem que pegue fogo. Quando não estou na sala com meus pais nesses domingos interminavelmente longos, costumo estar no andar de cima, no quarto verde. No verão, quando faz calor, as janelas ficam abertas, mas as venezianas fechadas, e a luz entra oblíqua como uma escada de Jacó na penumbra que me envolve. Está tudo muito quieto na casa e na vizinhança. De tarde, as carruagens em excursão das termas de Kissingen passam pela vila. Já de longe se escutam os cascos dos cavalos. Abro um pouco uma das venezianas e olho a rua lá embaixo. Nos coches, que seguem via Steinach para Neustadt e Neuhaus até chegar a Salzburgo, estão sentados uns de frente para os outros os hóspedes de verão de Kissingen, senhores e senhoras de prol e não raro autênticas celebridades russas. As senhoras estão muito bem-vestidas com chapéus de pluma e véus e sombrinhas de renda ou seda colorida. Bem na frente das carruagens os garotos da aldeia dão piruetas sem parar, e em recompensa os elegantes passageiros da carruagem lhes atiram moedas de cobre.

Chega o outono, e as férias de outono estão próximas. Primeiro vem Rosh Hashaná e o Ano-Novo. Na véspera, todos os recintos são varridos durante o dia, e, de noite, mamãe e papai vão à sinagoga vestidos a caráter. Papai de smoking e cartola, mamãe com o vestido de seda azul-escuro e com o chapelete todo ele feito de lilases brancos. Enquanto isso, Leo e eu esticamos uma toalha de linho engomada sobre a mesa de casa, dispomos sobre ela os copos de vinho e, embaixo dos pratos dos pais, pomos nossas cartinhas de Ano-Novo, escritas com letra caprichada. Uma semana e meia depois é Yom Kippur. Papai, com sua mortalha, move-se pela casa como um fantasma. Reina uma atmosfera de penitência. Só vamos comer novamente quando surgirem as estrelas. Então nos desejamos reciprocamente bom apetite. E quatro dias mais tarde já é a Festa dos Tabernáculos. Franz ergueu a treliça para a sucá embaixo do sabugueiro, e nós a enfeitamos com guirlandas coloridas de papel acetinado e longas correntes de cinórrodo desfiado. Do teto pendem maçãs de faces vermelhas, peras amarelas e uvas auriverdes que tia Elise nos manda todo ano de Mainstockheim num caixote forrado com raspas de madeira. Durante os dois principais dias de festa e os quatro meios-feriados, faremos nossas refeições na sucá, a menos que o tempo esteja muito ruim ou muito frio. Então ficamos na cozinha, e somente papai se senta lá fora no caramanchão e come sozinho — um sinal de que o inverno vem chegando lentamente. É também nessa época que um javali abatido no Rhön pelo príncipe regente é trazido a Steinach, onde lhe chamuscam as cerdas numa fogueira diante da ferraria. Em casa, estudamos então o catálogo da May & Edlich, de Leipzig, um compêndio volumoso no qual todo o maravilhoso mundo das mercadorias, ordenado segundo classe e tipo, revela-se página após página ao leitor. Lá fora, as cores desbotam aos poucos. Tiramos do armário as coisas de inverno. Cheiram a naftalina. Por volta do final de novembro, o Clube dos Jovens promove um baile de máscaras no bar do Reuss. A sra. Müntzer, de Neustadt, fez para mamãe um vestido de seda cor de framboesa para essa ocasião. A saia é longa e debruada com um babado muito elegante. As crianças têm permissão para assistir à abertura do baile pelo vão da porta do quarto ao lado. O salão está cheio de um burburinho festivo. Para dar o tom, a banda suavemente toca melodias de operetas, até que Hainbuch, o guarda-florestal, sobe ao tablado e, a título de início oficial da ocasião, faz um breve discurso em honra da pátria. Os copos são erguidos, uma clarinada da banda, as máscaras se olham sérias uma no olho da outra, outra clarinada, e Reuss, o proprietário, entra trazendo uma pequena caixa com um funil de metal em formato de tulipa — o novo gramofone, do qual jorra música de verdade sem ninguém mexer um dedo. Estamos absolutamente pasmos de admiração. As senhoras e os senhores tomam posição para uma *polonaise*. Silberberg, o sapateiro, irreconhecível de fraque, gravata preta, alfinete de gravata e sapatos de verniz, caminha à frente, conduzindo com um bastão. Atrás vêm os pares, fazendo todo tipo possível de evolução pela sala. De longe a mais bela de todas é Aline Feldhahn como Rainha da Noite, com um vestido escuro, semeado de estrelas. Ela faz par com Siegfried Frey, que veste seu uniforme de ulano. Aline e Siegfried mais tarde se casaram e tiveram dois filhos, mas Siegfried, que diziam ter uma queda pela vida fácil, desapareceu de repente, e ninguém, nem Aline, nem o velho Löb Frey, nem qualquer outra pessoa jamais teve a menor notícia dele. Mas Kathinka Strauss sustentava que Sigfried emigrara para a Argentina ou o Panamá.

Já faz alguns anos que vamos à escola. É uma escola de classe única, exclusiva para as crianças judias da vila, mas não é o que em geral se entende por uma escola judaica. Nosso professor, Salomon Bein, cuja excelência os pais não perdem ocasião de elogiar, impõe uma disciplina rígida e se sente antes de tudo como um fiel servidor do Estado. Mora no prédio da escola com a esposa e a filha solteira, Regine. De manhã, quando cruzamos o pátio, ele já se acha no vão da porta, exortando os atrasados para que se apressem com gritos de *hopp! hopp!* e com palmas. Na sala de aula, depois da bênção — *Vós fizestes amanhecer o dia, ó Senhor* — e depois de apontarmos o lápis de lousa e limparmos as penas, tarefas supervisionadas pelo sr. Bein e que eu odeio, são distribuídos vários trabalhos entre nós, em turnos. Uns têm de praticar caligrafia, outros têm de efetuar operações ou fazer uma redação ou um desenho no caderno de geografia local. Um grupo tem ensino visual. Um rolo é apanhado atrás do armário e pendurado sobre a lousa. Toda a imagem está cheia de neve, e no centro há um corvo preto como carvão. Durante as primeiras aulas, sobretudo na época de inverno, quando lá fora o dia insiste em não clarear, sou sempre muito lenta. Olho pelas vidraças azuis e vejo lá do outro lado do pátio a filha surda-muda do farinheiro Stern, sentada à carteira em seu quartinho. Faz flores artificiais com arame, papel crepom e papel de seda, uma dúzia após a outra, dia após dia, ano após ano. Na aula de história natural, aprendemos sobre as flores verdadeiras: a esporinha, o lírio chapéu-de-turco, os bons-dias e a cardamina. Além delas, no mundo animal, sobre a formiga-ruiva e a baleia. E uma vez, quando a rua da aldeia recebe novo calçamento, o professor desenha na lousa, com giz colorido, o Vogelsberg como um vulcão em erupção, para nos explicar de onde vêm os blocos de basalto. Ele possui também uma coleção de pedras coloridas em seu gabinete de história natural — malacacheta, quartzo rosa, cristal de rocha, ametista, topázio e turmalina. Desenhamos uma linha comprida para indicar quanto tempo levaram para se formar. Nossa vida inteira não seria nem sequer o mais minúsculo dos pontos nessa linha. E no entanto as aulas na escola se estendem tão vastas quanto o oceano Pacífico, e leva uma eternidade até que Moses Lion, que quase todo dia é enviado para buscar lenha como castigo, retorne do depósito de lenha com um cesto cheio. Mas então, sem nos dar pela coisa, eis que Chanucá se aproxima, e o professor Bein faz aniversário. Na véspera, as paredes da sala de aula são decoradas em segredo com ramos de pinheiro e bandeirolas amarelas e azuis. Colocamos o presente sobre a mesa do professor. Lembro que uma vez foi um cobertor de veludo vermelho e outra vez uma garrafa térmica de cobre. Na manhã do aniversário, reunimo-nos cedo na classe, com as nossas melhores roupas. Então entra o professor e depois sua mulher e atrás dela a srta. Regine, algo nanica. Todos nos levantamos e bradamos: Bom dia, senhor Bein! Bom dia, senhora Bein! Bom dia, senhorita Regine! O professor, que naturalmente havia muito tinha ciência dos preparativos, mostra-se cheio de surpresa com seu presente e com a decoração. Após levar a mão à testa diversas vezes, balançando a cabeça, como se não soubesse o que dizer, ele percorre emocionado as fileiras e agradece efusivamente a cada um de nós. Hoje não haverá aula; em vez disso, histórias e sagas do passado alemão são lidas em voz alta. Fazemos também um jogo de adivinhação e temos de adivinhar, por exemplo, as três coisas que dão e recebem de forma plena. Obviamente ninguém sabe a resposta, que nos é dada então pelo professor Bein com ar de grande importância: a terra, o mar e o Reich. Antes de voltar para casa, e esta é talvez a melhor coisa desse dia, recebemos permissão para pular sobre as velas de Chanucá grudadas à soleira com gotas de cera. O inverno dura muito. Em casa, papai faz exercícios conosco à noite. Os gansos sumiram do viveiro. Logo depois, pedaços deles são preservados em gordura fervente. Algumas mulheres vêm da aldeia para talhar o cano das penas. Sentam-se no quartinho, cada uma com um monte de penas à sua frente, e talham quase a noite inteira. Tudo parece coberto de neve. Mas na manhã seguinte, quando nos levantamos, o quarto está tão limpo e sem penas como se nada tivesse acontecido. Quando chega a primavera, é hora de fazer a limpeza para o Pessach. O pior é na escola. A sra. Bein e a srta. Regine não param quietas durante pelo menos uma semana. Os colchões são levados para o pátio, as roupas de cama pendem da sacada, os pisos recebem nova camada de cera, e todos os utensílios de cozinha são fervidos. Nós, crianças, temos de varrer a classe e lavar as janelas com água e sabão. Em casa, também, os quartos e baús são arrumados. Reina uma bagunça dos diabos. Na véspera do Pessach, mamãe se senta um pouco pela primeira vez em dias. A tarefa de papai, enquanto isso, é andar pela casa com uma pena de ganso para ver se ainda não há uma migalha de pão escondida em algum lugar.

É outono outra vez, e Leo está agora no ginásio em Münnerstadt, a duas horas a pé de Steinach. Lá, mora na casa do chapeleiro Lindwurm. A comida lhe é enviada duas vezes por semana com uma moça de recados — meia dúzia de potinhos empilhados num suporte. A filha de Lindwurm precisa apenas esquentá-los. Inconsolável com o fato de que tenho agora de ir para a escola sozinha, fico doente. Pelo menos dia sim, dia não, tenho febre, às vezes um autêntico delírio. Dr. Homburger prescreve suco de sabugo e compressas frias. Minha cama foi feita sobre o sofá no quarto amarelo. Fico deitada ali quase três semanas. De vez em quando conto os pedacinhos de sabonete sobre o tampo de mármore da pia, empilhados numa pirâmide bordada a crivo. Nunca o resultado é o mesmo. Os pequenos dragões amarelos no papel de parede me perseguem até nos meus sonhos. Costumo ficar em grande alvoroço. Quando acordo, vejo os vasos de conserva dispostos sobre o baú e nos compartimentos frios da estufa de ladrilhos. Esforço-me em vão para saber o que querem dizer. Não querem dizer nada, diz mamãe, são só cerejas, ameixas e peras. Lá fora, diz, as andorinhas já estão se juntando. De noite, no meio do sono, escuto grandes bandos de aves migratórias passar zunindo sobre a casa. Quando meu estado finalmente melhora um pouco, as janelas são abertas de par em par numa tarde clara de sexta-feira. De minha posição no sofá, posso abranger com a vista todo o vale do Saale e a estrada para Höhn, e posso ver papai voltando de Kissingen por essa estrada com a caleche. Logo depois, ainda de chapéu, entra em meu quarto. Trouxe-me uma caixinha de madeira cheia de bombons embrulhados em papel de seda, na qual está pintada uma borboleta pavão-real. De noite, várias arrobas de maçã, das variedades Blenheim e Calville, são despejadas como provisão de inverno no chão do quarto ao lado. Sentindo seu aroma, adormeço docemente como havia muito não fazia, e quando na manhã seguinte dr. Homburger me examina, diz que estou perfeitamente saudável outra vez. Em contrapartida, quando nove meses mais tarde começam as férias de verão, Leo fica fraco do peito. Mamãe afirma que a causa para tanto são os aposentos abafados de Leo na casa de Lindwurm e os vapores de chumbo da oficina do chapeleiro. Dr. Homburger concorda. Prescreve uma mistura de leite e água de Selters, e sugere que Leo passe bastante tempo no ar saudável das florestas de pinheiros de Windheim. Agora toda manhã é preparada uma cesta com sanduíches, queijo cottage e ovos cozidos. Com a ajuda de um funil, encho garrafas verdes com a bebida fortificante de Leo. Frieda, nossa prima de Jochsberg, vai conosco à floresta, como supervisora, por assim dizer. Já tem dezesseis anos, é muito bonita e tem uma trança loira bem longa e grossa. De tarde, Carl Hainbuch, o filho do guarda-florestal, sempre aparece como por acaso e fica horas passeando com Frieda debaixo das árvores. Enquanto isso Leo, que venera sua prima acima de tudo, senta-se no alto de um dos grandes blocos erráticos e observa desgostoso o espetáculo romântico. O que mais me interessa são os besouros pretos chamados de cervos-voadores, dos quais há uma infinidade na floresta de Windheim. Sigo paciente com os olhos suas trilhas tortuosas. Às vezes parece que lhes percorre um calafrio pelos membros. Têm então uma espécie de desmaio. Ficam ali imóveis, e para mim é como se o coração do mundo tivesse parado. Só quando a própria pessoa segura a respiração é que eles retornam da morte para a vida e o tempo volta a passar. Em que época foi tudo isso? Como então transcorriam lentos os dias! E quem era essa criança estranha a caminho de casa, cansada, com uma minúscula pena de gaio azul e branca na mão?

Quando hoje recordo, continuam as anotações de Luisa em outro ponto, nossa infância em Steinach, costumo ter a impressão de que ela se estendia num tempo ilimitado, em todas as direções — aliás, como se ainda persistisse, até essas linhas que escrevo agora. Mas na verdade, como eu bem sei, a infância terminou em janeiro de 1905, quando a casa e os campos de Steinach foram leiloados e nós nos mudamos para uma casa recém-concluída de três andares, esquina da Bibrastrasse com a Ehrhardstrasse, que um belo dia papai comprara, sem pestanejar, do mestre-construtor Kiesel, pelo preço de sessenta e seis mil marcos-ouro, uma quantia que a todos nós pareceu fabulosa e da qual grande parte fora levantada com uma hipoteca num banco de Frankfurt, fato que inquietou mamãe por um bom tempo. O haras de Lazarus Lanzberg andava de vento em popa nos últimos anos, fornecendo para lugares tão distantes quanto Renânia, Brandemburgo e Holstein, comprando de todas as partes, e deixando sempre seus clientes amplamente satisfeitos. Sobretudo o contrato que papai ganhara como fornecedor do Exército, mencionado por ele com grande orgulho em todas as ocasiões, foi provavelmente decisivo para que lhe parecesse recomendável largar a lavoura, mudar-se da atrasada Steinach e converter-se de vez à vida burguesa. Naquela época, eu tinha quase dezesseis anos e acreditava que em Kissingen se abriria então para nós um mundo perfeitamente novo, ainda mais belo que o da infância. Em alguns aspectos foi realmente assim, mas em outros o período em Kissingen até meu casamento em 1921 me parece em retrospecto como o início de um caminho cada dia mais estreito, que tinha de levar inevitavelmente ao ponto no qual me encontro hoje. Tenho dificuldade de recordar minha juventude em Kissingen. É como se o gradual despontar do chamado lado sério da vida, as pequenas e grandes decepções que logo se encadearam, tivessem afetado minha capacidade de absorver os fatos. Por isso não visualizo mais muita coisa. Mesmo de nossa chegada a Kissingen tenho apenas lembranças fragmentárias. Fazia um frio dos diabos, havia muitíssimo trabalho a fazer, meus dedos congelavam, a casa insistia em não esquentar, embora eu não parasse de avivar o fogo nas estufas irlandesas em todos os quartos; a flor-de-cera não resistira à mudança, e os gatos tinham fugido de volta para casa e, apesar de papai ir mais uma vez a Steinach só para procurá-los, não foram encontrados em parte alguma. Para mim a casa, que o povo de Kissingen logo passou a chamar de Vila Lanzberg, no fundo sempre permaneceu um lugar estranho.

A escadaria ampla e ecoante, o revestimento de linóleo no vestíbulo, o corredor dos fundos, onde sobre o cesto de roupa ficava pendurado o aparelho de telefone, cujo fone pesado era preciso segurar com as duas mãos contra a cabeça, a pálida luz a gás, que ia esvaziando com um ligeiro sibilo, a sombria mobília flamenga com colunas entalhadas — algo declaradamente sinistro emanava de tudo isso e causava em mim, como às vezes eu supunha sentir com clareza, um estrago latente e irreparável. Se bem me lembro, só sentei uma única vez no balcão da janela da sala, pintado com folhas de trepadeiras como um caramanchão festivo e de cujo teto pendia uma lâmpada de sabá novinha em folha, feita de latão e igualmente a gás, para ali folhear algumas páginas do álbum de cartões-postais de veludo azul, que tinha seu lugar cativo na estante do meio da mesinha de fumo. Como um hóspede de passagem, foi assim que me senti, e não raro como uma criada, quando, de manhã ou de noite, olhava pela minha janela na mansarda por sobre os canteiros de flores do viveiro do balneário para as colinas ao redor, cobertas de florestas verdes. Já a partir do primeiro início de verão alugamos vários quartos na casa. Mamãe, que cuida de todo o negócio, é uma professora rígida de administração doméstica. Às seis horas, logo depois de acordar, cuido primeiro das galinhas brancas no pátio, lhes dou sua porção de grãos e recolho os ovos. Depois é preciso fazer o café da manhã, arrumar os quartos, lavar as verduras e cozinhar. De tarde, durante algum tempo, vou a um curso de estenografia e contabilidade na Congregação de Jesus. Irmã Ignatia me tem em grande estima. De resto, faço passeios pelos jardins públicos com as crianças dos hóspedes do balneário — por exemplo, com o menino gordo do sr. Weintraub, que é comerciante de madeira e vem todo ano de Perm, na Sibéria, porque, segundo ele diz, na Rússia não é permitido aos judeus frequentar as termas. A partir de cerca das quatro horas, sento-me lá fora no chalezinho suíço para cerzir ou fazer crochê, e de noite a horta precisa ainda ser regada com a água do poço — a água corrente é cara demais, alega papai. A concertos noturnos só posso ir quando do Leo vem do ginásio para casa. Em geral seu amigo Armand

Wittelsbach, que mais tarde se tornou antiquário em Paris, nos apanha depois do jantar. Uso um vestido branco e caminho pelo parque entre Armand e Leo. Em determinadas ocasiões, os jardins do balneário são iluminados. As alamedas são então cobertas de lampiões coloridos e banhadas numa luz mágica. As fontes de água na frente do prédio do regente jorram ouro e prata alternadamente. Mas às dez horas o encanto se rompe, e temos de voltar para casa. Armand avança um pedaço do caminho plantando bananeira ao meu lado. Também me lembro de uma excursão de aniversário com Armand e Leo. Partimos às cinco da manhã, primeiro na direção de Klausenhof, e de lá, pelo desvio da floresta de faias, onde colhemos grandes buquês de lírios-do--vale, de volta a Kissingen. Fomos convidados para o café da manhã com os Wittelsbach. Foi também por volta dessa época que procuramos o cometa Halley à noite, e certa vez aconteceu um eclipse total do sol durante as primeiras horas da tarde. Foi terrível ver como a sombra da lua escurecia lentamente o sol, como as folhas de uma roseira na sacada, onde estávamos com nossos cacos de vidro fuliginosos, pareciam murchar e os pássaros esvoaçavam de lá para cá, em pânico. E no dia seguinte, eu me lembro, Laura Mandel chegou com seu pai para nos visitar pela primeira vez, vindos de Trieste. O sr. Mandel tinha quase oitenta anos, mas Laura apenas a mesma idade que nós, e ambos me causaram a maior impressão que se pode imaginar. O sr. Mandel, pela elegância de sua figura — usava os ternos de linho mais bem-acabados e chapéus de palha de abas largas —, e Laura, que aliás não chamava o pai senão de Giorgio, por causa da audácia de sua testa sardenta e seus olhos maravilhosos, muitas vezes algo enevoados. Durante o dia, o sr. Mandel costumava sentar-se em algum lugar na meia sombra, seja ao lado do choupo prateado em nosso jardim, seja num banco no Luitpoldpark ou no terraço do hotel Wittelsbacher Hof, e então lia os jornais, de vez em quando tomava notas e muitas vezes simplesmente ficava perdido em pensamentos. Laura dizia que ele trabalhava fazia tempo no projeto de um império no qual nunca acontecia nada, pois nada lhe era mais detestável do que empreendimentos, desenvolvimentos, acontecimentos, mudanças e incidentes de toda espécie. Laura, por sua vez, era a favor da revolução. Estive com ela uma vez no teatro de Kissingen, quando uma opereta vienense, não sei mais se era o *Zigeunerbaron* ou o *Rastlbinder*, foi levada à cena como espetáculo de gala por ocasião do aniversário do imperador Francisco José. Primeiro a orquestra tocou o hino nacional austríaco. Todos se levantaram do lugar, menos Laura, que ficou ostensivamente sentada, porque ela, como triestina, não podia suportar os austríacos. Sua declaração a respeito foi o primeiro pensamento político com que me defrontei em minha vida, e quantas vezes não desejei nos últimos anos que Laura estivesse de novo presente e eu pudesse me aconselhar com ela. Por vários anos seguidos ela foi nossa hóspede nos meses de verão, a última vez naquela estação especialmente bela na qual nós duas fizemos vinte e um anos, eu em 17 de maio, ela em 7 de julho. Lembro sobretudo do aniversário dela. Nós havíamos tomado o vapor em miniatura que sobe o rio até a salina, e lá passeávamos no fresco ar salino que envolve a armação de madeira, sobre a qual flui sem cessar a água mineral. Eu usava o novo chapéu de palha preto com a fita verde que comprara no Tauber, em Würzburg, onde agora Leo estudava línguas antigas. Enquanto assim caminhávamos pelas trilhas nesse tempo cristalino, uma grande sombra passou de repente sobre nós. Com todos os outros hóspedes de verão que passeavam pela salina, erguemos a vista para o céu, e lá estava um zepelim gigantesco, que deslizava sem ruído pelo ar azul e quase roçava, assim parecia, o topo das árvores. A admiração geral serviu de pretexto para que um jovem que se achava logo ao lado nos dirigisse a palavra — reunindo toda a sua coragem, como mais tarde me confessou. Chamava-se, como logo foi dizendo, Fritz Waldhof e era trompista da orquestra do balneário, constituída essencialmente de membros do Wiener Konzertverein que todo ano arrumavam emprego em Kissingen nas férias de verão. Fritz, com quem logo simpatizei bastante, nos acompanhou até em casa nessa tarde, e na semana seguinte fizemos nossa primeira excursão juntos. Novamente faz um sábado esplendoroso. Caminho na frente com Fritz, e Laura, bastante cética a respeito dele, segue atrás com Hansen, um violista de Hamburgo. Claro que hoje não me lembro mais do que conversamos. Mas que os campos floresciam dos dois lados da trilha e que eu estava feliz, disso ainda me lembro, e também, por estranho que pareça, que não muito longe da aldeia, lá onde fica a placa para Bodenlaube, alcançamos dois senhores russos muito distintos, um dos quais, com um porte particularmente majestoso, falava sério com um garoto de talvez dez anos, que, ocupado em caçar borboletas, ficara tão para trás que havia sido preciso esperar por ele. Mas a advertência não surtiu muito efeito, pois sempre que nos virávamos víamos o garoto tal como antes, correndo pelos campos com rede erguida, bem afastado. Hansen afirmou mais tarde ter reconhecido no mais velho dos dois distintos senhores russos o antigo presidente do primeiro Parlamento russo, Muromzev, que então veraneava em Kissingen.

Passei os anos que se seguiram a esse verão como de praxe, cumprindo meus deveres domésticos, fazendo os trabalhos de contabilidade e correspondência em nosso negócio do haras e aguardando o trompista vienense, que retornava regularmente a Kissingen com as andorinhas. Como no curso dos quase nove meses de separação nos tornávamos toda vez um pouco estranhos um ao outro, apesar das muitas cartas que trocávamos, e como Fritz, tal como eu, era no fundo uma pessoa reservada, levou muito tempo para que ele pedisse minha mão. Foi pouco antes do final da estação de 1913, em setembro, numa tarde de sábado que estremecia de beleza límpida; estávamos sentados nos jardins da salina e eu comia mirtilo com creme azedo numa tigela de porcelana, quando de repente Fritz, no meio de uma reminiscência por ele cautelosamente tramada de nossa primeira excursão a Bodenlaube, interrompeu-se e me perguntou sem rodeios se acaso eu não queria me casar com ele. Eu não sabia o que responder, mas assenti com a cabeça e, embora todo o resto à minha volta tenha se turvado, vi com a máxima clareza aquele garoto russo que eu esquecera havia muito, pulando pelos campos com sua rede de borboleta, um mensageiro da felicidade que retornava daquele remoto sábado para agora abrir seu estojo de espécimes e soltar as mais belas almirantes, pavões-reais, citrinas e esfinges como símbolo de minha libertação final. A princípio, porém, papai relutou um pouco em aceitar um pronto noivado, não só porque se preocupava com as perspectivas incertas de um trompista, mas também porque essa futura união, segundo ele, representaria na prática meu total rompimento com o judaísmo. Foram menos as minhas próprias súplicas do que os incessantes esforços diplomáticos de mamãe, menos apegada às tradições, que no final das contas possibilitaram, em maio do ano seguinte, no dia em que Leo e eu completamos vinte e cinco anos, celebrar de fato o noivado na presença dos mais próximos. Mas dali a alguns meses, meu inesquecível Fritz, após ser recrutado para um corpo de músicos austríacos e com ele ser transferido para Lemberg, sofreu um derrame cerebral enquanto tocava a abertura *Freischütz* para os altos oficiais da guarnição, e caiu sem vida de sua cadeira, como me foi informado depois de alguns dias num telegrama de pêsames de Viena, cujas palavras e sequência de letras dançaram durante semanas diante dos meus olhos em combinações sempre novas. Realmente não posso dizer como segui vivendo e como, ou se, superei a terrível dor da separação que me dilacerava dia e noite depois da morte de Fritz. Seja como for, atuei durante toda a guerra como enfermeira do dr. Kosilowski em Kissingen, onde todos os sanatórios e os prédios das termas se encheram de feridos e convalescentes. Sempre que um de nossos recém-chegados me lembrava Fritz, na aparência ou nos modos, eu era novamente esmagada pela tragédia do passado, e talvez por isso tenha me devotado tanto a esses jovens, parte dos quais seriamente ferida, como se neles eu pudesse salvar a vida do meu trompista. Em maio de 1917, trouxeram-nos um contingente de canhoneiros em petição de miséria, entre eles um tenente de olhos vendados que se chamava Friedrich Frohmann, ao pé de cuja cama eu permanecia sentada muito além do meu horário de serviço, na expectativa de algum milagre. Só depois de muitos meses ele pôde voltar a abrir seus olhos crestados. Eram, como eu imaginara, os olhos de Fritz, mas extintos e cegos. A pedido de Friedrich, logo começamos a jogar xadrez, descrevendo em palavras as jogadas que fazíamos ou queríamos fazer — bispo d6, torre f4, e assim por diante. Por um extraordinário feito da memória, Fritz conseguiu em curto prazo reter na cabeça as partidas mais complicadas; mas quando sua memória realmente o deixava na mão, ele recorria ao tato, e sempre que seus dedos se moviam sobre as peças com uma cautela que me era devastadora, eu me lembrava dos dedos do trompista, como eles se moviam sobre as chaves de seu instrumento. Pouco antes do final do ano, Friedrich contraiu uma infecção desconhecida, à qual sucumbiu no intervalo de duas semanas e que quase me levou à morte, como me foi relatado mais tarde. Perdi todo o meu belo cabelo e mais de um quarto do meu peso, e passei longo tempo deitada, num delírio profundo que fluía e refluía, no qual eu não via nada senão Fritz e Friedrich, e ao mesmo tempo eu mesma, sozinha, separada dos dois. A quais circunstâncias sou grata, se é que grata é a palavra correta, por ter escapado sã e salva contra todas as expectativas e ter me restabelecido no início da primavera, isso eu sei tão pouco quanto se sabe em geral da vida. Antes do final da guerra, fui agraciada com a Cruz de Ludwig em reconhecimento, como disseram, pelos meus atos de abnegação. E então um dia a guerra de fato acabou. As tropas voltaram para casa. Em Munique estourou a revolução. Os soldados do Freikorps se reuniram em Bamberg. Anton Arco Valley cometeu seu atentado contra Eisner. Munique foi reconquistada. Passou a vigorar a lei marcial. Landauer foi morto, o jovem Egelhofer e Leviné foram fuzilados e Toller foi encarcerado na fortaleza. Quando finalmente tudo voltou ao normal e os negócios puderam de certo modo seguir seu curso, meus pais decidiram que era o momento de encontrar um marido para mim, para finalmente me fazer pensar em outras coisas. Um casamenteiro judeu de Würzburg chamado Brisacher em breve nos apresentou em casa meu atual marido, Fritz Ferber, que vinha de uma família de comerciantes de gado de Munique, mas estava ele próprio prestes a se estabelecer na vida burguesa como marchand.

De início, dispus-me a ficar noiva de Fritz Ferber exclusivamente por causa de seu nome, mas depois passei a estimá-lo e amá-lo cada dia mais. Assim como o trompista, Fritz Ferber gostava de fazer longas caminhadas fora da cidade e era, como ele, uma criatura algo tímida, mas no fundo despreocupada. No verão de 1921, logo depois do casamento, fomos juntos a Allgäu, e Fritz subiu comigo ao Ifen, ao Himmelsschrofen e ao Hohes Licht. Olhamos os vales lá embaixo, o Ostrachtal, o Illertal e o Walsertal, onde os lugarejos dispersos pareciam tão serenos como se nunca tivesse existido nada de mau neste mundo. Certa vez, de cima do Kanzelwand, vimos uma forte tempestade passar muito abaixo de nós e, depois que ela se dissipara, avistamos os campos verdes brilhando na luz do sol e as florestas fumegando como uma imensa lavanderia. A partir desse instante, soube com certeza que eu agora era de Fritz Ferber e que trabalharia com prazer a seu lado em sua recém-inaugurada galeria de arte em Munique.

Ao voltarmos de Allgäu, mudamo-nos para o apartamento na Sternwartstrasse, onde moramos até hoje. A um outono radiante seguiu-se um inverno rigoroso. Nevou pouco, mas o Englischer Garten transformou-se durante semanas num milagre de geada tal como eu nunca vira antes, e na Theresienwiese, pela primeira vez desde o início da guerra, instalaram novamente um rinque de patinação, onde Fritz com sua jaqueta verde e eu com meu casaco orlado de pele realizamos juntos as mais belas e amplas curvas. Quando me lembro disso, vejo nuanças de azul por toda parte — uma única superfície vazia que se estende até o crepúsculo vespertino, sulcada pelas trilhas de patinadores desaparecidos.

As anotações de Luisa Lanzberg que em parte reproduzi acima não me saíram da cabeça desde que Ferber as confiou a mim no início daquele ano, e foram elas, em última análise, o motivo de minha viagem a Kissingen e Steinach no final de junho de 1991. Cheguei a meu destino via Amsterdã, Colônia e Frankfurt, após algumas baldeações e longas esperas nos bares das estações de Aschaffenburg e Gemünden. Os trens ficavam cada vez mais lentos e curtos, e por fim, de Gemünden até Kissingen, viajei de fato, coisa que até então eu não julgava possível, num trem — caso essa ainda seja a descrição correta — que consistia somente em uma locomotiva e um único vagão. Bem na minha frente, embora houvesse vários lugares vagos, recostou-se um homem gordo e de cabeça quadrada de talvez cinquenta anos. Tinha o rosto afogueado e com manchas vermelhas, e olhos muito puxados, ligeiramente vesgos. Resfolegando ruidosamente, revolvia sem parar sua língua disforme, na qual ainda se achavam restos de comida, ao redor da boca semiaberta. Pernas escarranchadas, lá estava ele sentado, barriga e baixo-ventre apertados de forma medonha num calção de verão. Eu não teria sido capaz de dizer se a deformação física e mental de meu companheiro de viagem era resultado de uma longa internação psiquiátrica, de uma debilidade congênita ou de muita cerveja e lanchinhos entre as refeições. Para meu considerável alívio, o monstro saltou na primeira estação após Gemünden, de modo que no vagão ficamos apenas eu e uma senhora idosa do outro lado do corredor, que estava comendo uma maçã tão grande que a boa hora que levou até chegarmos a Kissingen mal foi suficiente para acabá-la. O trem seguia as curvas do rio através do vale gramado. Colinas e bosques passavam lentamente, as sombras da noite baixavam sobre a paisagem, e a senhora de idade seguia dividindo sua maçã, fatia por fatia, com o canivete que segurava aberto na mão, mastigava os pedaços cortados e cuspia a casca num guardanapo de papel que esticara no colo. Em Kissingen havia um único táxi na rua deserta diante da estação. Em resposta à minha pergunta, a motorista do táxi disse que, àquela hora, todos os hóspedes do balneário já estavam capotados na cama. O hotel ao qual ela me levou acabara de ser reformado de cima a baixo no estilo neoimperial que se difunde irresistivelmente na Alemanha e que recobre discretamente com tons pastéis de verde e ouro folhado os lapsos de gosto de anos passados. O saguão estava tão deserto quanto a praça da estação. A senhora da recepção, que tinha um quê de madre superiora, mediu-me com os olhos como se temesse que eu perturbasse a paz da casa, e quando entrei no elevador defrontei-me com um espectral casal de velhos que me fitou com uma expressão de sincera hostilidade, quando não de terror. A mulher segurava um pratinho nas mãos que pareciam garras, sobre o qual havia algumas fatias de frios. Imaginei, obviamente, que o casal tinha um cão no quarto, mas quando na manhã seguinte os vi subindo com dois copos de iogurte de framboesa e algumas coisas do bufê de café da manhã que haviam embrulhado num guardanapo, percebi que não proviam o hipotético cão, mas a si próprios.

Comecei meu primeiro dia em Kissingen com um passeio pelas instalações do balneário. Os patos ainda dormiam na grama, a penugem branca dos choupos soprava pelo ar, e alguns hóspedes esparsos vagavam pelas trilhas de areia como almas penadas. Entre essa gente que fazia seus exercícios matinais com incrível lentidão, não havia uma pessoa que não tivesse idade para estar aposentada, e comecei a temer que eu seria condenado a passar o resto de minha vida na companhia desses decanos de Kissingen, provavelmente preocupados antes de tudo com sua digestão. Mais tarde me sentei num café, rodeado ali também pelo povo de idade, e estudei o jornal de Kissingen, o *Saale-Zeitung*. A frase do dia, na seção chamada "Calendário", era de Johann Wolfgang von Goethe e dizia: *Nosso mundo é um sino rachado que não soa mais.* Era 25 de junho. Segundo se lia, estávamos em lua crescente e era aniversário da poeta da Caríntia Ingeborg Bachmann e do escritor inglês George Orwell, de quem se dizia que falecera em 1950. Outros aniversariantes mortos aos quais se fazia menção eram o construtor de aeronaves Willy Messerschmidt (1898-1978), Hermann Oberarth, pioneiro em foguetes (1894-1990), e o autor alemão oriental Hans Marchwitza (1890-1965). No necrológio, sob a rubrica *Totentafel*, lia-se: Faleceu Michael Schultheis (80), mestre-açougueiro aposentado de Steinach. Ele era tido em grande estima. Era muito próximo do Clube de Fumantes "Nuvem Azul" e da Associação de Reservistas. Boa parte de seu lazer era dedicada a seu fiel cão pastor, Prinz. — Ponderando o excêntrico sentido de história aparente nesses informes, dirigi-me para a prefeitura, onde, depois de ser encaminhado várias vezes de lá para cá e ter um vislumbre da paz eterna que reina no interior de semelhante prédio administrativo de cidade do interior, finalmente topei com um funcionário assustadiço num escritório bastante remoto, que, tendo me escutado com certo mal-estar, descreveu onde havia sido a sinagoga e onde ficava o cemitério judaico. O antigo templo fora substituído pela chamada Nova Sinagoga, um edifício pesado da virada do século, meio germânico, meio bizantino, que fora depredado na Noite dos Cristais e então demolido nas semanas que se seguiram. Em seu lugar,

na Maxstrasse, bem defronte à entrada dos fundos do prédio da prefeitura, fica hoje a repartição do trabalho. Quanto ao cemitério dos judeus, o funcionário, após procurar um pouco num quadro de chaves pendurado na parede, entregou-me duas chaves devidamente etiquetadas, com a explicação algo peculiar de

que, para chegar ao cemitério israelita, bastava caminhar cem passos em linha reta para o sul saindo da prefeitura, até o fim da Bergmannstrasse. Quando cheguei na frente do portão, aconteceu

que nenhuma das duas chaves entrava na fechadura. Saltei, portanto, o muro. A visão que se ofereceu a mim tinha pouco a ver com a ideia que se faz de cemitérios; em vez disso, vi um terreno crivado de túmulos negligenciados havia muitos anos, que aos poucos se desfaziam e caíam aos pedaços em meio a grama alta, flores silvestres e sombras de árvores ligeiramente tremulantes no movimento do ar. Só aqui e ali uma pedra em cima de um túmulo indicava que alguém devia ter visitado um dos mortos — sabe-se lá quando. Não fui capaz de decifrar todas as inscrições cinzeladas, mas os nomes que ainda eram legíveis — Hamburger, Kissinger, Wertheimer, Friedländer, Arnsberg, Frank, Auerbach, Grunwald, Leuthold, Seeligmann, Hertz, Goldstaub, Baumblatt e Blumenthal — me fizeram pensar que talvez não houvesse nada que os alemães invejassem tanto nos judeus quanto seus belos

nomes, tão intimamente ligados ao país em que viviam e à sua língua. Um choque de reconhecimento correu por mim diante do túmulo no qual jaz Meier Stern, que faleceu em 18 de maio,

meu próprio aniversário, e também me senti tocado, de um modo que eu certamente nunca compreenderia direito, como disse comigo, pelo símbolo da pena na lápide de Friederike Halbleib, que partiu desta vida em 28 de março de 1912.

Eu a imaginava como escritora, debruçada sozinha e febril sobre seu trabalho, e agora que escrevo isto é como se *eu* a tivesse perdido e como se não pudesse superar esse fato, apesar do longo tempo que se passou desde sua morte. Fiquei no cemitério judeu até a tarde, andando de cima para baixo entre as fileiras de túmulos, lendo os nomes dos mortos, mas foi apenas quando estava para sair que descobri perto do portão trancado uma lápide mais nova, com os nomes de Lily e Lazarus Lanzberg, e embaixo deles também os de Fritz e Luisa Ferber. Suponho que Leo, o tio de Ferber, fez erigir esse túmulo. A inscrição diz que Lazarus Lanzberg morreu em Theresienstadt em 1942, e que Fritz e Luisa foram deportados em novembro de 1941 e expiraram. Permaneci um bom tempo diante desse jazigo, no qual jaz somente Lily, que se suicidou. Fiquei sem saber o que fazer, mas antes de deixar o local depositei uma pedra sobre a lápide, como é costume.

Embora eu tenha estado ocupado o suficiente, durante minha temporada de vários dias em Kissingen e Steinach (que já não traía o mínimo de seu antigo caráter), com minhas pesquisas e com a própria escrita, que, como sempre, só avançava a custo, sentia cada vez mais que o empobrecimento intelectual e a falta de memória dos alemães, a habilidade com que haviam liquidado tudo, começavam a me dar nos nervos. Decidi, assim, antecipar minha partida, o que foi tanto mais fácil de fazer já que minhas investigações, embora tivessem rendido bastante sobre a história geral dos judeus de Kissingen, renderam muito pouco em relação à história específica da família Lanzberg. Mas quero ainda relatar brevemente, em conclusão, a viagem que fiz à salina numa lancha a motor atracada na orla do parque balneário.

Era por volta de uma da tarde do dia anterior à minha partida, os hóspedes das termas faziam suas refeições controladas por dieta ou se entregavam sem supervisão à glutonaria em algum restaurante sombrio, quando desci à margem e embarquei na lancha, na qual a barqueira aguardara até ali em vão um passageiro. Essa senhora, que generosamente me permitiu tirar uma foto sua, era da Turquia e trabalhava já fazia vários anos na navegação fluvial de Kissingen. Afora o quepe de capitão que lhe

assentava ousado na cabeça, usava, por assim dizer como mais uma concessão ao ofício que lhe coubera, um vestido de jérsei azul e branco que lembrava, pelo menos de longe, um uniforme de marinheiro. Logo ficou evidente, aliás, que a mulher do barco não só sabia manobrar à perfeição a lancha (apesar do seu considerável comprimento) no rio estreito como, além disso, era uma pessoa com opiniões sobre os rumos do mundo a respeito das quais valia a pena refletir. Enquanto subíamos o Saale, deu-me algumas amostras altamente impressionantes de sua filosofia crítica, em seu alemão algo turco mas não obstante muito hábil, todas elas culminando em sua tese várias vezes repetida de que nada era tão infinito e tão perigoso quanto a estupidez. E as pessoas na Alemanha, disse, são tão estúpidas quanto os turcos, ou talvez ainda mais estúpidas. Era visível sua satisfação por ter encontrado em mim alguém afinado com suas ideias, que ela gritava em voz alta acima das marteladas do motor a diesel e acompanhava com mímica e gestos imaginativos, pois era algo raro, disse, que se pudesse manter uma conversa com um passageiro, e ainda mais alguém sensato. A viagem de barco durou cerca de vinte minutos. No final, despedimo-nos com um aperto de mão e, imagino, com um certo respeito mútuo. As instalações da salina, das quais até então eu só vira uma fotografia antiga, ficavam um breve trecho rio acima, um pouco isoladas nos campos. Mesmo à primeira vista, era uma construção de madeira imponente, com cerca de duzentos metros de comprimento e no mínimo vinte metros de altura, e ainda assim, como se lia numa descrição pendurada numa caixa de vidro, era somente parte de um complexo antes muito mais extenso. O acesso à torre de salinação estava interditado, como informavam as placas instaladas nas escadas, com menção a trabalhos de inspeção estrutural que se faziam necessários em consequência do furacão do ano anterior. Como não havia ninguém ao redor que me proibisse o ingresso, subi à galeria que circunda todo o complexo a uns cinco metros de altura. De lá se podem ver de perto os feixes de abrunheiro-bravo dispostos em camadas que vão até o teto, pelos quais escorre a água mineral levada até em cima por uma estação de bombeamento de ferro fundido, sendo finalmente coletada numa calha sob a eira da salina. Cheio de admiração tanto com a escala do complexo quanto com a progressiva transformação mineral operada nos ramos pelo fluxo incessante de água mineral, caminhei de lá para cá por um bom tempo na galeria, respirando o ar salino que o menor sopro de ar saturava de uma miríade de gotículas minús-

culas. Por fim, sentei-me num banco num dos patamares em forma de sacada que se projetam da galeria e ali me abandonei a tarde inteira à vista e ao som do espetáculo de água bem como à reflexão sobre os processos duradouros e, imagino, impenetráveis que, conforme a concentração de sais aumenta na água, produzem as mais estranhas formas petrificadas e cristalizadas, de certa maneira imitações e supressões da natureza.

Durante os meses de inverno de 1990-1, nos poucos momentos livres que eu tinha, ou seja, sobretudo nos chamados finais de semana e à noite, trabalhei na história de Max Ferber narrada acima. Foi uma tarefa extremamente árdua, que muitas vezes empacava durante horas e dias a fio, e não raro voltava para trás, ao longo da qual fui constantemente atormentado por um escrúpulo que se fazia notar com persistência cada vez maior e que me paralisava cada vez mais. Esse escrúpulo se referia tanto ao objeto de minha narrativa, ao qual eu imaginava não fazer jus, independentemente do meu ângulo de abordagem, quanto ao caráter duvidoso da escrita em geral. Eu cobrira centenas de páginas com meus rabiscos a lápis e caneta esferográfica. De longe a maior parte delas fora riscada, rejeitada ou borrada com acréscimos até se tornar ilegível. Mesmo a versão que pude salvar como a "definitiva" me parecia uma malograda colcha de retalhos. Hesitei, portanto, em enviar a Ferber minha versão resumida de sua vida, e enquanto ainda hesitava chegou de Manchester a notícia de que Ferber dera entrada no Withington Hospital com um enfisema pulmonar. O Withington Hospital é uma ex-casa de correção onde, na época vitoriana, mendigos e desempregados eram submetidos a um regime estrito, voltado totalmente ao trabalho. Ferber estava numa ala masculina com bem mais de vinte leitos, onde muito se lamuriava, se queixava e provavelmente também se morria. Como lhe era claramente qua-

se impossível encontrar algo como uma voz dentro de si, reagia a minhas palavras apenas a longos intervalos, com um arremedo de fala que soava como o farfalhar de folhas secas ao vento. Mas era claro o suficiente que ele considerava seu estado vergonhoso e que tomara a resolução de safar-se dele o mais rápido possível, de um modo ou de outro. Fiquei sentado talvez três quartos de hora ao lado do enfermo cinzento, esmagado pelo cansaço, antes de me despedir e caminhar de volta pela zona sul da cidade, pelas ruas infindáveis — Burton Road, Yew Tree Road, Claremont Road, Upper Lloyd Street, Lloyd Street North —, pelo deserto bairro habitacional de Hulme, que fora reconstruído no início dos anos 70 e agora estava novamente abandonado à ruína. Na Higher Cambridge Street, passei por armazéns em cujos vãos de janelas quebradas os ventiladores ainda giravam, tive de passar por baixo de estradas urbanas, atravessar pontes de canal e terrenos baldios, até que finalmente, na luz do dia que já esmaecia,

emergiu à minha frente o Midland Hotel, com sua fachada que lembrava uma fortaleza fantástica, no qual Ferber alugara uma suíte nos últimos anos, desde quando sua renda lhe permitira, e onde eu também me hospedei nessa noite. O Midland foi construído no final do século XIX, de tijolos marrons e azulejos cor de chocolate aos quais nem a fuligem nem a chuva ácida foram

capazes de fazer algum mal. Três subsolos, seis andares acima do chão e ao todo não menos do que seiscentos quartos possui o edifício, que um dia foi famoso em todo o país por causa de suas luxuosas instalações sanitárias. Tão enormes eram os chuveiros que, sob eles, a pessoa parecia estar sob uma chuva de monção, e os encanamentos de latão e cobre, sempre polidos com esmero, eram tão generosos que as banheiras de três metros de comprimento por um metro de largura podiam ser enchidas em menos de um minuto. Além disso, o Midland era famoso pelo seu jardim de palmeiras e, como atestam diversas fontes, pela sua atmosfera imensamente superaquecida, que fazia correr de igual modo o suor dos poros de hóspedes e funcionários e em geral despertava a impressão de que ali, no coração daquela cidade do norte, sempre varrida por rajadas de vento frio e úmido, a pessoa se achava numa ilha tropical dos bem-aventurados, reservada para proprietários de fiações e tecelagens, onde até as nuvens no céu eram feitas de algodão, por assim dizer. Hoje o Midland está à beira da ruína. No saguão envidraçado, nas salas de recepção, nas escadarias, nos elevadores e corredores só raramente se encontra outro hóspede ou uma camareira ou um garçom que vagueiam como sonâmbulos. O lendário aquecimento a vapor funciona, quando muito, gaguejante; das torneiras escorre calcário; as vidraças estão cobertas com uma espessa camada de pó, marmorizada pela chuva; partes inteiras do edifício estão trancadas, e com certeza é somente uma questão de tempo até que os negócios sejam encerrados e o Midland, vendido e transformado num Holiday Inn.

Quando entrei no meu quarto, situado no quinto andar, tive de repente a sensação de que estava hospedado numa cidade polonesa. O interior antiquado me lembrou estranhamente um escrínio puído de veludo vermelho, o interior de um porta-joias ou um estojo de violino. Permaneci de casaco e me sentei numa das poltronas de plush que ficavam no nicho envidraçado da janela de sacada, observando como lá fora escurecia e como, impulsionado pelo vento, o aguaceiro que chegara com o crepúsculo despencava em grandes bátegas nas gargantas das ruas, em cujo fundo os táxis pretos e os ônibus de dois andares se moviam lentamente no asfalto brilhante, um logo atrás ou ao lado do outro, como uma manada de elefantes. Um constante rumor subia lá de baixo até meu posto na janela, mas de vez em quando havia também longas pausas de perfeito silêncio, e num desses intervalos me pareceu ouvir, embora isso fosse absolutamente impossível, a orquestra sinfônica sediada no vizinho Free Trade Hall, afinando os instrumentos em meio aos habituais pigarros e ruídos de cadeiras arrastadas, e ouvi também, lá longe, muito longe, o pequeno cantor de ópera que sempre se apresentava no Liston's Music Hall nos anos 60, cantando longas passagens do *Parsifal* em alemão. O Liston's Music Hall ficava no centro da cidade, perto de Piccadilly Gardens, em cima de uma chamada *wine lodge* onde as prostitutas tinham seu local de descanso e onde se servia xerez australiano de grandes barris. Quem quer que se sentisse instigado a tanto, podia subir ao palco nesse *music hall* e, sob os fiapos de fumaça esvoaçantes, apresentar qualquer peça musical de sua escolha a um público bastante heterogêneo e em geral fortemente embriagado, acompanhado no Wurlitzer por uma senhora sempre vestida de tule cor-de-rosa. Geralmente, a escolha recaía em baladas populares e hits sentimentais que então estivessem em voga. *The old home town looks the same as I step down from the train*, assim começava a favorita da estação de inverno 1966-7. *And there to greet me are my Mama and Papa.* Duas vezes por semana, quando em horas avançadas as ondas de gente e vozes beiravam o caótico, o tenor heroico conhecido por Siegfried, que não devia ter mais de um metro e meio de altura, entrava em cena. Beirava os cinquenta, usava um casaco de espinha de peixe que chegava quase até o chão, tinha um Borsalino inclinado para trás na cabeça e cantava "O weh, des Höchsten Schmerzenstag" ou "Wie dünkt mich doch die Aue heut so schön" ou então algum arioso, sem hesitar em acompanhá-lo de indicações cênicas como "Parsifal está à beira de cair desmaiado" com o devido tom teatral. E agora, sentado no quinto andar do Midland numa espécie de púlpito de vidro acima do abismo, eu o escutava de novo pela primeira vez desde aquela época. Sua voz vinha tão de longe que era como se ele vagasse atrás do cenário de um palco infinitamente profundo. Nesse cenário, que na verdade não existia, apareceram um após o outro os quadros de uma exposição que eu vira em Frankfurt no ano anterior. Eram fotos coloridas, tingidas de azul-esverdeado ou castanho-avermelhado, do gueto de Litzmannstadt, erigido em 1940 na metrópole industrial polonesa de Łódź, outrora conhecida como *polski Manczester*. As fotos, descobertas em 1987

numa malinha de madeira num antiquário de Viena, cuidadosamente arrumadas e legendadas, haviam sido tiradas como suvenires por um contador e financista atuante em Litzmannstadt chamado Genewein, que vinha da região de Salzburgo e podia ser visto ele próprio numa das fotos, contando dinheiro em sua secretária. Viam-se ainda o prefeito de Litzmannstadt, um certo Hans Biebow, de banho tomado e risca no cabelo, sentado a uma mesa de aniversário enfeitada com fetos de aspargo e abarrotada de flores em vasos e buquês, bolos e frios, assim como outros alemães em reuniões sociais, na companhia de suas namoradas e esposas, todas, sem exceção, bem-humoradas. E havia fotos do gueto — paralelepípedos, trilhos de bonde, fachadas de casas, tapumes, prédios em demolição, muros corta-fogo, debaixo de um céu de cinza, verde-água ou azul e branco —, fotos peculiarmente desertas, em quase nenhuma das quais aparecia alguém, embora em certas épocas vivessem até cento e setenta mil pessoas em Litzmannstadt, numa área não maior do que cinco quilômetros quadrados. O fotógrafo documentara ainda a exemplar organização interna do gueto, o correio, a polícia, a sala do tribunal, a brigada de incêndio, a remoção de lixo, o salão de beleza, os serviços de saúde, a mortalha dos defuntos e o cemitério. Mas, aparentemente, o mais importante de tudo para ele era mostrar "nossa indústria", os trabalhos do gueto indispensáveis à economia de guerra. Nesses locais de produção, a maioria deles criada como manufatura, havia mulheres sentadas tecendo palha, crianças aprendizes junto ao banco do serralheiro, homens fazendo projéteis ou em fábricas de prego ou de farrapos, e por todo lado rostos, incontáveis rostos, que ergueram a vista de seu trabalho (e tiveram permissão para fazê-lo) expressa e unicamente pela fração de segundo que levou para tirar a foto. O trabalho é nosso único caminho, diziam. Atrás da moldura vertical de um tear estão sentadas três jovens, talvez de vinte anos. O tapete no qual dão nós tem um motivo geométrico irregular que me lembrou, inclusive pelas cores, o motivo de nosso sofá da sala de casa. Quem são as jovens, não sei dizer. Por causa da luz que incide de frente pela janela nos fundos, não consigo reconhecer exatamente seus olhos, mas sinto que as três olham para mim, afinal me encontro no exato lugar em que Genewein, o contador, se encontrava com sua câmera. A jovem do meio é loira e tem qualquer coisa de noiva. A tecelã a sua esquerda inclina a cabeça um pouco para o lado, enquanto a da direita me fita com olhos tão fixos e implacáveis que não consigo suster a vista por muito tempo. Fico imaginando que nome terão tido as três — Roza, Luisa e Lea ou Nona, Decuma e Morta, as filhas da noite, com fuso e linha e tesoura.

1ª EDIÇÃO [2011] 1 reimpressão

ESTA OBRA FOI COMPOSTA EM ELECTRA PELO ACQUA ESTÚDIO E IMPRESSA EM OFSETE PELA GEOGRÁFICA SOBRE PAPEL PÓLEN SOFT DA SUZANO S.A. PARA A EDITORA SCHWARCZ EM OUTUBRO DE 2021.

A marca FSC® é a garantia de que a madeira utilizada na fabricação do papel deste livro provém de florestas de origem controlada e que foram gerenciadas de maneira ambientalmente correta, socialmente justa e economicamente viável.